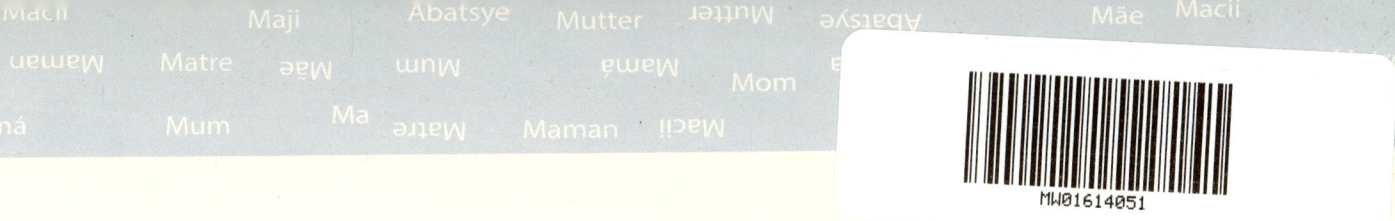

Dedicatoria

Para mami, por haberme enseñado todo lo que sé, por haberme dado la oportunidad de vivir una vida maravillosa y llena de Truquitos Caseros, y por el amor incondicional con que siempre has sanado todas mis heridas.

Contenido

Josette y sus Truquitos Caseros.3
ABC para MaPás y los Peques
Primera edición: abril 2014

Dirección, concepto y diagramación:
Josette Pagán Lluch

Dirección editorial y edición de textos:
Gizelle Borrero / Divinas Letras
Josette Pagán Lluch
Aura Torres Fernández

Diseño y maquetación:
Nini de la Torre
Patricia Rosado
Josette Pagán Lluch

Fotografías de la autora:
Luis Matos

Accesorios:
MIMA
Carla's Rosaries

Maquillaje para fotografías:
Josette Pagán Lluch
Leslie Van Zhandt

Estilistas:
Sonia Tejeda
Cecilia Matos

Vídeos versión electrónica:
Andrés Ramírez y Joel Aponte / Non Studios
GFR Media

Página de internet:
www.truquitoscaseros.com
Elliot Torres
Teknos Business and IT
Consulting Group Corp.
www.teknospr.com

Ilustraciones:
Shutterstock.com

© Josette Pagán Lluch, 2014
© TC Lifestyle, Inc. 2014

TC Lifestyle, Inc.
www.truquitoscaseros.com
info@truquitoscaseros.com

La autora está disponible para conferencias, talleres, seminarios, charlas y eventos. Para contrataciones favor de comunicarse por teléfono al 787.242.8418 o al 787.948.8949 o a través de correo electrónico a: info@truquitoscaseros.com

Para comentarios o sugerencias puede escribir a: info@truquitoscaseros.com

Contáctanos en las redes sociales:
Página web: TruquitosCaseros.com
Facebook: Josette y sus Truquitos Caseros
Twitter @josettepagan

Nota: Truquitos Caseros está diseñado para educar e informar. Los consejos, información y recomendaciones incluidas en este libro no deben ser usados como sustituto a atención médica o profesional. Si tiene alguna duda sobre su salud consulte a su profesional de la salud.

ISBN 978-1-61887-449-8

Impreso en Puerto Rico por
Extreme Graphics
www.extremegraphicspr.com

Agradecimientos

¡A cuántas personas quiero agradecer! Primeramente agradezco a Dios por darme la oportunidad de recorrer el mundo para compartir esta maravillosa misión de vida que se llama Truquitos Caseros, y por darme la oportunidad de tocar los corazones y las vidas de tantas personas alrededor del planeta. Gracias por despertar a la niña en mí en cada palabra de esta obra. Gracias a la Madre Tierra por regalarnos tanta abundancia para vivir con plenitud. Gracias a todos mis "Peques" por llenar mi vida de infinita alegría y permitirme convertirme en niña y salir a jugar cuando estoy con ustedes... ¡Ustedes sí que están claros de cuáles son las cosas importantes en la vida! Son mis mayores maestros. Gracias a sus padres, a quienes adoro, por "prestármelos" para jugar y permitirnos disfrutar de las sanas travesuras que solo permitimos los tíos. Gracias por ser parte de este libro tan especial. A Mateo por su paciencia, apoyo y comprensión, y por ser mi *cheerleader* #1. Gracias a mis hermanos por compartir tantas travesuras inolvidables a través de nuestras vidas, y a nuestros padres por aguantarlas. A mi mano derecha e izquierda, Patricia Rosado, por tu ayuda incondicional y por ser un ángel en mi vida. ¡Gracias por estar a mi lado para lograr este hermoso sueño! A mi editora Gizelle Borrero, por acceder a correr como el Corre Caminos con mis inventos y ser parte integral de esta gran aventura. A mi amada maestra Shanti Ragyi por amorosamente guiar mis pasos con su sabiduría, luz y amor incondicional. Gracias a mis ginecólogos el Dr. Hiram Malaret y la Dra. Ana Rosa Marcial (también mi "segunda mamá") por haber salvado mi vida dos veces, Gracias a ellos estoy aun aquí "vivita y coleando". Gracias a mi hermana del alma Nini de la Torre, porque contigo recorro el mundo para disfrutar de aventuras y travesías inimaginables. A Norma Rosario, por siempre estar presente en mi vida. Gracias a Patricia Ortiz San Miguel, por tu amistad y enseñarme lo que es la fortaleza y siempre ver el lado positivo de las cosas.

Quiero además dar un agradecimiento especial a todos los maravillosos doctores, pediatras, ginecólogos, profesionales de la salud y demás amigos que me apoyaron en esta obra y compartieron conmigo sus atesorados truquitos: Dr. Fernando Ysern, Dr. Gerardo Tosca, Dra. Mayra Bonnet, Dra. Mariel Medina, Dr. Johnny Rullán, Dra. Enid Colón, Dra. Ana Quintero, Dr. Rafael Tirado, Dr. Víctor Santana, Dra. Karla Figueroa, Dra. Camille Casasnovas, Dr. Rafael Villavicencio, Dr. Iván Teron Méndez, Dra. Elba Díaz, Dra. Mary Molina, Dra. Elba I. Rivera, Dr. Joxel García, Dr. William Díaz Sotomayor, Dra. Myrna L. Borges Pérez, Dra. Sandra Menéndez Andino, Dr. Orlando Rodríguez, Dra. Gloria M. Suau, Lcda. Lillian Torres Oquendo, María Cristy, Annette Fernández, Nicolle Díaz, Carolina Currais, Rosa Correa, Lilliam Rodríguez, Miguelángel Sisamone, María José Dabastos, José Vega "Remi", Víctor Rivera y Axel Serrant.

Introducción

Desde que estaba trabajando en mi segundo libro, Josette y sus Truquitos Caseros.2 para resolverlo todo, ya sabía que el próximo libro de la serie sería para los padres y niños. Al momento de sentarme a escribirlo, reflexioné sobre la realidad de las familias de hoy y me percaté de lo diferentes que son a las de las generaciones de antaño. En la actualidad, tanto las mamás como los papás podrían estar cuidando de los niños. Por eso, cuando estaba pensando en el título de esta obra, llamé a mi editora y le dije que tenía una ingeniosa idea para resolver la situación… crear la palabra MaPás para incluirlos a ambos. No quería insultar a la Real Academia de la Lengua Española, pero me tomé la libertad de autora para hacerlo, sin ánimos de ofender a nadie. (Podría decir que ese es el Truquito Casero para desarrollar el título de una obra). ¡Y a ella le pareció perfecto!

Hoy tienes en tus manos esta hermosa y divertida guía que además de hacerte reír, te ayudará a resolver esas situaciones de la vida diaria relacionadas a la salud, la belleza y el hogar que pueden sorprendernos sin avisar cuando de los pequeños se trata. Y cuando ellos están presentes, cualquier cosa puede suceder. Hay que andar con diez ojos, cuatro manos y como si fuéramos un pulpo, con ocho pies, para andar detrás de ellos. Además, esta obra también brindará valiosos consejos para las mamás que están en el mágico proceso de gestación.

Así que antes de que salgas corriendo o te dé un ataque de histeria, corre a buscar Truquitos Caseros.3 ABC (Ayuda Básica en Casa) para MaPás y los Peques. Podrías encontrar la solución a la situación sin tener que salir de casa y devolverle la sonrisa a tu Peque especial.

Algunos de mis Peques especiales

Shanti, Dharma y Chandra

Kiran

Max & Ben

Gabriela & Marcos

Paola Sofía

Paula

Paco Andy, Lya & Mya

Gabriela

Carli

Ariana

Gian

Lua

Alanis

Elliot

Renzo, Renzi & Zianne

Paula

El regalo más valioso que puedes obsequiarle a un niño son buenos valores, pues son similares a los pilares de una construcción. Si sus cimientos y la infraestructura no son sólidos, se derrumbará. De igual manera, lo que le enseñas en casa a los Peques marcará sus vidas para siempre.

A través de mi carrera profesional he tenido la oportunidad de colaborar con muchas organizaciones sin fines de lucro. Es uno de los trabajos que más me disfruto y que más hondo me cala. Las experiencias y vivencias que involucra ese esfuerzo me enseñan a agradecer y apreciar todos los regalos que me da la vida. La labor que estas organizaciones realizan es encomiable y merece el respeto y el apoyo de todos.

En días recientes la Fundación CAP celebró su evento de rapada de cabezas como símbolo de solidaridad con los niños pacientes de cáncer. Desde que comenzaron a anunciar el evento a través de los medios de comunicación, a mi sobrino Carli se le despertó la curiosidad. Estaba dudoso de si atreverse a raparse su melena. Mi hermana Maritere se sentó junto a él y le explicó lo que era la organización, la razón del evento, el significado que tenía la rapada de cabeza y cómo su acción podía tener un efecto positivo en la vida de un niño paciente de cáncer. Sin embargo, le dijo que esta era una decisión muy importante y muy personal, que solo él podía tomarla y que en su corazón encontraría la respuesta. Carli lo comenzó a pensar… hasta que anunció la valiente decisión de raparse la cabeza. En esta foto estoy junto a él acabadito de rapar. Y le repito aquí lo que le dije una y otra vez: ¡¡¡¡¡Estoy tan, y tan orgullooooooosa de ti!!!!!

Hoy en día la apariencia física juega un papel protagonista en nuestras vidas, y lo más alarmante es que no es solamente en la de los adultos, sino también en la de los niños… la ropa, el celebrity look, el último grito de la moda, las prendas, las joyas, los accesorios, los zapatos, las carteras, las marcas de diseñador, si eres delgado u obeso, el color del cabello, si eres alto o bajo, etc., etc., etc. La lista podría ser interminable. Definitivamente que los medios de comunicación se han encargado de darle prioridad a las cosas materiales y físicas antes que a las que crean conciencia e integran las emociones, el alma y el corazón. Sin embargo, ¡los MaPás pueden hacer la diferencia! Y no es que prives a los Peques de las cosas que les gustan ni tampoco que lo lleves al extremo y los pongas en una situación donde no puedan aguantar el "peer pressure" de sus compañeros, ya que eso podría repercutir en situaciones más complicadas. Pero haciendo un balance, actuando con sensatez y comprensión, y manteniendo una buena comunicación con tus hijos, sobrinos y sus amiguitos, se puede lograr mucho.

Rapar su cabeza fue un paso significativo en la vida de Carli. La experiencia que compartió junto a otros niños y personalidades que se unieron a la causa fue una experiencia que sin lugar a dudas marcó su vida para siempre. Los valores de analizar las situaciones para tomar una decisión sabia, dar sin esperar algo o recibir algo a cambio, de unirse en solidaridad a una causa noble y de actuar con compasión y empatía ya están sembrados en su corazón.

Somos dueños de nuestras decisiones y responsables de las consecuencias de estas. Enseñemos a nuestros Peques buenos valores para que aprendan a tomar sus propias y buenas decisiones a través de sus vidas. Haz la diferencia a través de los valores que les enseñas… recuerda que los niños de hoy son los líderes del futuro.

SALUD

"Una onza de prevención vale más que una libra de cura
y que una tonelada de rehabilitación"
-Dr. Johnny Rullán
Ex Secretario de Salud de PR

Para el dolor de oídos

Ingredientes:
- Varias gotas de aceite de semilla de ajonjolí

Utensilios:
- Una cucharita de metal
- Un gotero de oído
- Un encendedor o fósforo

Procedimiento:
1. Vierte un poquito de aceite de ajonjolí en una cucharita de metal.
2. Coloca un encendedor o fósforo encendido debajo de la cucharita por unos breves segundos para entibiar el aceite levemente, hasta que tenga una temperatura agradable a la piel, pero que no vaya a quemarla.
3. Succiona el aceite tibio con el gotero de oído.
4. Vierte una gota del aceite en el oído afectado.

A los niños les encanta divertirse. ¡Claro! Especialmente cuando se trata de jugar en la playa y/o en la piscina. Recuerdo que cuando era pequeña todos los fines de semana mami nos llevaba a la playa a pasar el día junto a nuestros amigos. Gozábamos tanto que al llegar a casa, luego de un buen baño, mis hermanas y yo caíamos rendidas en la cama. Aunque a mí siempre me ha gustado más la playa y el agua de mar, hay a quienes les gusta más la piscina, que contrario a la beneficiosa agua de mar, a veces puede ocasionar infecciones de oído. Recuerdo que una vez, al llegar a casa luego de un cumpleaños tipo *"pool party"*, comenzó a dolerme el oído izquierdo hasta volverse insoportable. Como siempre, mami tenía ya el remedio en casa para aliviarlo. Aquí lo comparto contigo… Te sorprenderá lo sencillo que es.

Ñapita:

Recientemente, mientras conversaba con varios pediatras, uno de ellos me indicó que también puede utilizarse el aceite de oliva como alternativa al aceite de ajonjolí. Y me recalcó la importancia de que fuera tibio. (Jamás se debe echar el aceite caliente en el oído) ¡Así que ya sabes!

Para secar y sanar las heridas leves

En medio del juego y la diversión, practicando deportes y hasta cocinando (eso más comúnmente en el caso de los MaPás), siempre puede ocurrir un accidente. En mi caso particular, podría decirles que prácticamente vivía en el piso cuando era niña. ¡Y cómo me llenaba de golpes jugando! Lo curioso es que a mí no me gustaba usar pantalones, porque me molestaban, y solo usaba faldas. Así que terminaba con golpes en toda la pierna y hasta en los muslos. Pero mami llegaba al rescate con mucho amor y su remedio santo para sanar las heridas leves. Este truquito, además, ayudará a desinfectar el área y a parar cualquier sangrado leve. Estoy casi segura de que el ingrediente mágico lo tienes en la alacena o en el *kit* de primeros auxilios. Lo más importante es aplicarlo con mucho amor y compasión, ya que es muy probable que haya un ¡AY!, ¡AY!, ¡AY!, y un lloriqueíto. Sin embargo, si le das al Peque un premio de valiente a través de un amoroso besito y un abrazo de oso verás que comenzará a sentirse mejor luego de la "operación limpieza".

Sana, sana culito de rana, si no sana hoy, sanará mañana…

Ingredientes:

◎ Agua oxigenada

Utensilios:

◎ Un algodón o un pedazo de gasa

Procedimiento:

1. Empapa un algodón o gasa con agua oxigenada.
2. Pásalo sobre la herida con varios toquecitos suaves.
3. Como opción, y si el niño lo tolera, puedes echar el agua oxigenada directamente de la botella sobre la herida.

¿Has tenido alguna vez la horrible sensación de tener agua dentro del oído y que aunque mueves con fuerza la cabeza de un lado hacia el otro el agua no sale? Te comparto otro truquito sencillo para resolver esta incómoda situación. Vierte unas gotas de vinagre blanco en el oído y gira la cabeza de manera que ese oído apunte hacia el cielo. En menos de un minuto sentirás cómo el agua sube. En ese momento gira la cabeza hacia el lado contrario, para que la oreja apunte hacia el piso, y verás cómo el líquido sale inmediatamente. ¿El secreto? El agua y el vinagre no mezclan, y como el agua es menos densa, siempre se ubicará sobre el vinagre.

Para controlar las náuseas

Ingredientes:
- Un limón cortado a la mitad
- Una taza de té de jengibre natural

Las náuseas son uno de los síntomas más comunes (y fastidiosos) entre las mujeres embarazadas. Pero es un mal que también aqueja a nuestros Peques y no hay nada peor que no saber qué hacer para aliviarlas y hacerlos sentirse mejor. Mi abuelita nos tenía un remedio maravilloso… y este truquito seguro les hará sentirse mejor.

Procedimiento:
1. Dale a chupar la pulpa del limón al menos 3 veces o exprime el limón y dale a tomar su jugo.
2. Prepara un té de jengibre natural y dáselo a beber lentamente.

Ñapita:
Otro truquito para ayudar a aliviar las náuseas es hacer presión aproximadamente tres dedos debajo de donde termina la mano y comienza la muñeca.

A la camita... qué hacer cuando los Peques no pueden (o no quieren) irse a dormir

El cuento de los niños todas las noches.... ¡No quiero irme a dormir! Yo tenía una colección completa de excusas para no irme a la cama. Así son los niños... le dan quinientas vueltas a la cama, se inventan las excusas más creativas, quieren ir al baño o tomar agua, quieren que les leas otra historia o que les traigas un bibí... mientras que MaPá está tan agotad@ que se podría quedar dormid@ hasta de pie en tan solo segundos. ¿El truquito infalible? ¡Aquí está! Va a ayudar a calmarlos, relajarlos y dormir como príncipes en sueñolandia. Además, es buenísimo también para los MaPás cuando no pueden conciliar el sueño.

Ingredientes:

- Un té de manzanilla (camomila) o de verbena
- 8 onzas de su leche de preferencia
- Opcional: miel a gusto
- Aceite esencial de lavanda

Procedimiento:

1. Calienta la leche con el té de manzanilla o de verbena y dásela a tomar en el bibí o en un vaso.
2. Aplica unas gotas de aceite esencial de lavanda en la almohada y en la punta de la nariz del Peque.
3. Coloca unas gotas de aceite esencial de lavanda en su planta de los pies y dale un masaje, especialmente haciendo una presión leve en los dedos gordos.

¿Qué hace la manzanilla?

El té de manzanilla, hecho con las flores de la planta, ha sido utilizado por cientos de años a través de las generaciones. Es una de las bendiciones que nos regala la Madre Tierra. La planta de la manzanilla es de la familia de las margaritas y contiene un ingrediente activo llamado bisabolol, conocido por sus propiedades para ayudar a tratar diversos trastornos del sueño y el insomnio, además de actuar como calmante natural y de ser utilizado para aliviar el estrés y las tensiones.

Para aliviar la deshidratación

Ingredientes:
- Jugo de un limón
- 1/4 cucharadita de sal
- 1/4 cucharadita de bicarbonato de soda ("baking soda")
- 2 cucharadas de azúcar
- Un litro de agua purificada

Procedimiento:
1. Añade al litro de agua el jugo del limón, la sal, el azúcar y el bicarbonato de soda y mézclalo bien.
2. Administra la solución oralmente en pequeños tragos cada 5 minutos, aun si los devuelve.
3. Continúa administrando la solución cada 5 minutos hasta que comience a orinar normalmente.

Cuando hay fiebre alta, se hace mucho ejercicio o cuando nuestro estómago está descompuesto y hay un incómodo episodio de vómitos, nuestro cuerpo necesita hidratarse. Mi mamá siempre nos preparaba un suero casero que, a diferencia de otros, tenía un rico sabor a limón. Con esto nos "engañaba" y accedíamos a tomárnoslo. Al cabo de un rato, ya empezábamos a sentirnos mucho mejor.

Para cuando están saliendo los dientes

¡Ay, ay, ay! Aunque honestamente no recuerdo el dolor que pasé cuando me estaban saliendo los dientes, creo que para un bebé debe ser similar al de un insoportable dolor de muelas. El que a los niños les "estén saliendo los dientes" significa que durante el proceso han tenido sus encías inflamadas y adoloridas, y luego el diente corta la carne a través de la encía para salir. ¡Por eso el lloriqueo incesable y el buscar cualquier cosa para metérsela a la boca y morderla! Estos truquitos le ayudarán a sentirse mejor... ¡y permitirán a los MaPás dormir unas horitas extras!

Ingredientes:
- Jugo de frutas natural, yogur o leche materna
- Pedacitos de piña, papaya, bananas, zanahorias o *bagels* congelados (si el niño ya está ingiriendo alimentos sólidos)

Utensilios:
- Recipientes para hacer paletas congeladas ("*Ice Pops*") o un vasito pequeño para hacer límber

Procedimiento:
1. En un recipiente de paletas congeladas o en un vasito para hacer límber vierte el jugo de frutas natural, el yogur o la leche materna.
2. Congélalos y dáselos a comer a los niños cuando observes que tengan dolor causado porque les están saliendo los dientes.
3. Dale a comer a los peques bananas, zanahorias o *bagels* fríos o congelados ya que les dará un masaje en el área adolorida.

¿Qué provoca la acción de morder alimentos fríos?

Morder alimentos fríos ayudará a generar un efecto de anestesia natural y por ello reducirá el dolor y las molestias en las encías de forma significativa... ¡Y la piña contiene bromelina, una encima proteolítica con propiedades antiinflamatorias, por lo que ayudará a bajar la inflamación!

Para aliviar el dolor de muelas

Ingredientes:
- Un clavito de cocinar
- Un trozo de papaya natural pelada y sin pepitas

Procedimiento:

1. Coloca un clavito de cocinar entre los dientes para aliviar el dolor y sostenlo ahí durante al menos tres minutos. ¡OJO! Como los clavitos de cocinar son pequeños debes estar pendiente para que el niño no se lo vaya a tragar.
2. Pasa un trozo de papaya natural por el área afectada (y de paso se la puede comer si quiere). La papaya contiene papaína, una encima proteolítica conocida por sus propiedades para bajar la inflamación y aliviar el dolor.

Nada peor que un dolor de muelas, y esto aplica tanto a los Peques como a los adultos. Y lo peor es que por lo general ataca de imprevisto durante el fin de semana, días de fiesta o durante la noche. Si te sorprende, estos truquitos que aprendí de mi abuelita Teté y abuelita Mama, te ayudarán a calmar el dolor y desinflamar el área.

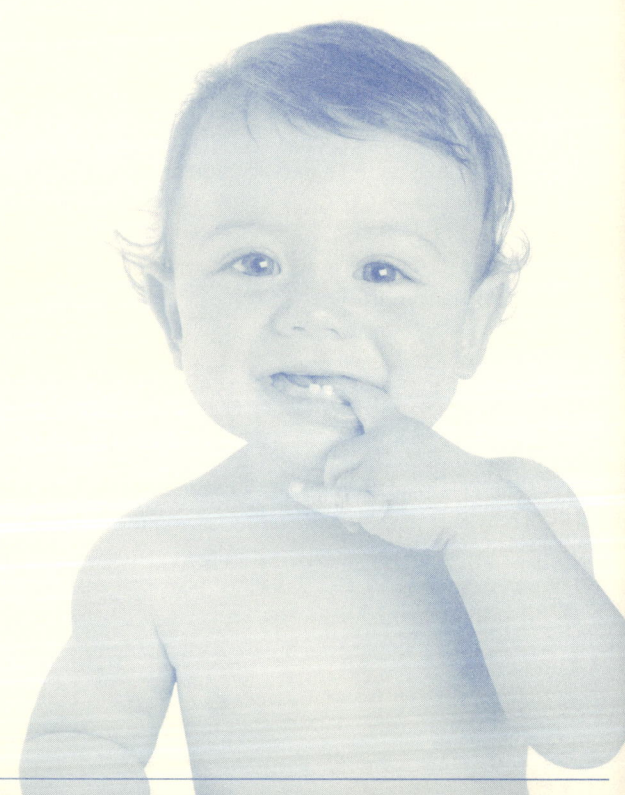

...y nada mejor

que acompañarlo

con el

enjuague bucal

natural

antidolor

de muelas.

Ingredientes:
- Un puñado de clavitos de cocinar
- 8 onzas de agua

Procedimiento:
1. Hierve 8 onzas de agua junto con un puñado de clavitos de cocinar por 5 minutos.
2. Baja el fuego y déjalo cocer hasta que esté a temperatura ambiente.
3. Cuela el agua.
4. Dale al niño unas pocas onzas del agua de clavo para que haga un enjuague y procura que mueva el agua de clavo dentro de la boca de manera que alcance el área afectada.
5. Como alternativa para los más pequeños, puedes empapar un algodón con el agua de clavo y pasárselo por el área afectada.

Para aliviar la conjuntivitis

Nada peor que amanecer con los ojos pegados y llenos de lagaña, además del ardor y la sensación de tener algo dentro del ojo. ¡Y cómo duele tratar de abrirlos cuando las secreciones están pegadas a las pestañas! Este truquito casero es muy conocido. No solo era el remedio clásico en casa, sino que a través de los años, muchas personas me lo han recomendado. Entre estas, alguien a quien respeto y estimo mucho, la doctora y reumatóloga pediátrica Ana Quintero, quien también dirige una de mis organizaciones favoritas: el Grupo de Apoyo a Niños y Adolescentes con Enfermedades Reumáticas, "GANAR". Y de verdad que tengo que quitarme el sombrero ante sus heroicos pacientes porque les confieso que son unos campeones en todo el sentido de la palabra. Así que de más está decir que este truquito casero está re-que-te-comprobado.

Recuerdo que mi abuelita también nos ponía una cataplasma (es decir, un poco de la borra del café sobre el ojo que exhibía las molestas secreciones por unos minutos y luego nos enjuagaba con mucha agua. Esto también funcionaba muy bien.

Ingredientes:
ᥴ   Café recién colado

Utensilios:
ᥴ   Algodón

Procedimiento:
1. Empapa el algodón en el café recién colado (¡Pero cuidado que no esté muy caliente y vaya a quemar la piel!).
2. Pásalo suavemente sobre el ojo que está lleno de secreciones.
3. Repite el proceso al menos dos a tres veces al día durante dos a tres días.

Para eliminar los broncoespasmos o el crup

Cuando era pequeña viví la dolorosa experiencia de padecer de crup. El crup es una condición caracterizada por una tos profunda, similar a la llamada "tos de perro" o el sonido que emite una foca o un gallo ronco al tratar de cacarear. El dolor es tan fuerte que no puedes hablar y cada vez que toses o tragas es tan insoportable que das un viaje a Plutón y regresas. Creo que con eso tienes una idea de lo molesto que es el crup, o al menos lo que fue mi vivencia personal. Recuerdo que mami lloraba de verme así, y con su amor incondicional me hacía los remedios santos, además de llevarme al pediatra para asegurarse de que mi condición mejoraba.

El mágico baño de vapor

Recientemente conocí a la Dra. Mariel Medina, pediatra, quien me recomendó los baños de vapor para tratar los broncoespasmos. Mi conversación con ella me remontó a mi niñez. Recuerdo que sentada en la camilla de la oficina de mis pediatras, el Dr. Diego Collazo y el Dr. Pedro Cedó, Diego le comentaba a mami lo mucho que me ayudaban a aliviar el crup los baños de vapor. La magia del vapor es que ayuda a ablandar la mucosidad seca acumulada en los bronquios y a despejar los ductos respiratorios para facilitar una mejor respiración.

Ingredientes:

- Baño de vapor
- Pomada con mentolato (Vicks)
- Tableta de alcanfor

Procedimiento:

1. Abre el grifo de agua caliente de la bañera o la ducha y deja correr el agua hasta que el baño quede lleno de vapor.
2. Sienta al Peque en algún taburete en el baño (no dentro de la bañera o ducha con agua caliente) para que inhale el vapor durante diez a quince minutos.

Para la tos

Ingredientes:
- Pomada con mentolato o aceite esencial de eucalipto
- Miel de abeja
- Baño de vapor

Utensilios:
- Medias gruesas

Procedimiento:
1. Aplica la pomada de mentolato o aceite esencial de eucalipto en la planta de los pies y cúbrelos con las medias.
2. Dale un masajito al Peque en la planta de los pies.
3. Dale a tomar una cucharada de miel de abejas, siempre y cuando el Peque sea mayor de 12 meses.

De acuerdo a la Enciclopedia Ilustrada de Salud (Health Illustrated Encyclopedia) de A.D.A.M., la tos puede ser seca o productiva (que arroja flema). Además, hay distintos tipos de tos: la aguda, que es la que llega de repente, por lo general a causa de un resfriado o la gripe; la subaguda, que dura entre 3 a 8 semanas; y la crónica, que dura más de 8 semanas. Tocemos para mantener la garganta y las vías respiratorias despejadas. Sin embargo, una tos consistente o acompañada de otros síntomas puede ser indicio de alguna enfermedad y debe observarse muy de cerca. Es importante que si el Peque muestra signos de tener la respiración entrecortada, dificultad respiratoria más allá de lo normal, ronchas, hinchazón o dificultad para tragar, consultes a su profesional de la salud.

Ñapita:
Al igual que para el crup, el baño de vapor es maravilloso para aliviar la tos, ya que la humedad intensificada en el aire ayudará a abrir los ductos nasales del Peque, a desprender la flema y por ende, le facilitará la respiración.

Para bajar la fiebre alta

La temperatura normal de nuestro cuerpo es aproximadamente 98.6 grados Fahrenheit o 37 grados centígrados, pero puede variar de acuerdo a la persona. El grado de calor del cuerpo es controlado por nuestro termostato interno, el hipotálamo, que está localizado en el cerebro y sirve como mensajero a las diferentes partes del cuerpo para mantener esa temperatura estable.

La fiebre ocurre cuando el termómetro interno del cuerpo aumenta su temperatura por encima de lo normal, por lo general como un mecanismo de defensa natural para atacar las infecciones. Entonces el cuerpo reacciona con temblequeos, sudoración y una sensación extrema de frío, aunque haga calor.

Aparte de tomar mucha agua para mantenerse hidratado, hay varios truquitos caseros que pueden ayudar a bajar la fiebre. ¡Este era el remedio santo en casa! Uno de los aromas que más me remonta a mi niñez y, especialmente a cuando no me sentía muy bien, son el alcoholado y el alcanfor. ¡En casa nunca faltaban! Mami no hacía mas que acercarse con ellos y ya comenzaba a sentirme mejor.

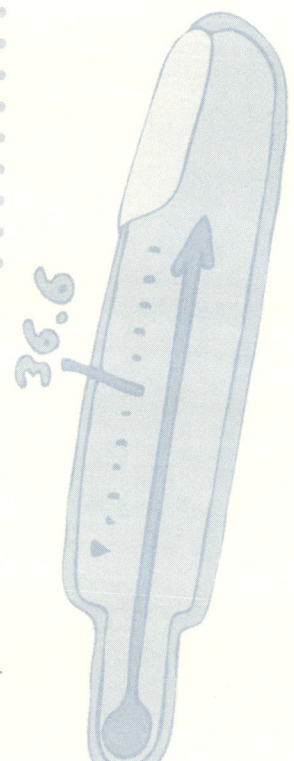

Ingredientes:
- ꙇ Agua Maravilla o alcoholado
- ꙇ Una tableta de alcanfor = camphor
- ꙇ Compresas de agua fría

Utensilios:
- ꙇ Medias gruesas

Procedimiento:
1. Aplica Agua Maravilla o alcoholado en el área de la nuca y en la planta de los pies.
2. Coloca una tableta de alcanfor en la palma de la mano y frótala con los dedos hasta deshacerla (se formarán granos parecidos a la sal gruesa).
3. Fricciona los granos de alcanfor por la planta de los pies.
4. Cubre los pies con medias gruesas.
5. Coloca compresas de agua fría sobre la frente.

Ñapita:
Un truquito que mami nos hacía, y que puedes usar con los Peques cuando tienen fiebre o dolor de cabeza, es envolver unos pedacitos de hielo en una toalla y sujetarla en la frente y en las sienes amarrándola con una bandana o pañuelo.

Para aliviar la inflamación y el dolor de garganta

Ingredientes:
- ½ cucharadita de sal
- Jugo de un limón
- ½ cucharadita de miel

Procedimiento:
1. Mezcla todos los ingredientes en un vaso.
2. Dile al Peque que haga gárgaras con la solución.
3. Se puede repetir el proceso entre 2 a 3 veces al día y es más efectivo si se hace los primeros dos días del comienzo de los síntomas.

Este truquito clásico es recomendado hoy en día por muchos pediatras que conozco. Aparte de ser fácil de preparar, no hay que tomárselo así que el proceso de convencer a los Peques para que lo hagan es mucho más fácil. Además, no tienes que salir corriendo de casa, sino hacia la alacena y la nevera, ya que con toda probabilidad, ya tienes todo lo que necesitas. Este truquito es recomendado para los niños mayores de 6 años y puedes hacerlo en cuanto te activen la alarma de que tienen dolor de garganta.

El secreto del limón y la miel…

De acuerdo al Dr. Lane Johnson, el limón ayuda a secar la congestión mientras que la miel forma una capa protectora que proporciona alivio. ¡Qué sencillo! Además, el limón también ayudará a combatir las bacterias que puedan haberse depositado allí. (Y lo mucho que nos gusta complicarnos la vida, ¿verdad?).

Otro de los remedios más comunes para aliviar el dolor y la inflamación en la garganta es un mejunje mágico preparado con miel y limón. Era uno de los remedios clásicos de mi familia. Recientemente mientras investigaba, encontré que hay un estudio que demuestra la eficiencia de una cucharada de miel para aliviar el dolor de garganta y la tos en los niños. Es importante mencionar que no se recomienda dar miel a los niños menores de 12 meses, según recomendado por la Academia Americana de Pediatría. ¿Te comparto una idea de cómo mami nos disfrazaba la medicina? Nos hacía un límber de limón con miel.

Ingredientes:

- Una cucharada de miel de abejas
- Una cucharada de jugo de limón natural

Procedimiento:

1. Mezcla la miel de abejas con el limón.
2. Calienta la mezcla hasta que esté a una temperatura tibia.
3. Dale a tomar al Peque este delicioso mejunje, una cucharadita a la vez.

Para sanar los males estomacales (la pancita)

La indigestión por lo general suele ocurrir cuando comemos un poco de más o cuando algo nos cae pesado y luego, obviamente, la pancita refunfuña. Uno de los remedios más efectivos es un masajito suave en la barriga con movimientos circulares a favor de las manecillas del reloj, utilizando un pañito caliente. Para complementar el masajito, nada como una tisana de menta, tilo o anís estrellado para sanar la indigestión. Y aunque lo ideal sería masticar una hoja de menta natural, hoy en día tenemos muchas alternativas a nuestro alcance.

Ingredientes:

- Té de tilo _— lime tree_
- Un chicle de menta bajo en azúcar
- Pañitos remojados en agua tibia

Procedimiento:

1. Prepara un té de tilo, de menta o de anís _star anise_ estrellado y déjalo entibiar. Luego viértelo en el biberón o vaso favorito del Peque para que se lo tome lentamente.
2. Dale un pedazo de chicle al niño para masticar (siempre y cuando tenga edad suficiente para mascarlo).
3. Remoja unos pañitos en agua tibia, exprímelos y colócalos sobre la pancita del Peque.

Recientemente conocí a una estudiante de medicina con quien estaba hablando de algunos remedios caseros que utilizaban nuestras madres cuando éramos niñas. Mientras conversábamos sobre el té de tilo, me remonté a casa de abuelita Teté, donde no solo era el remedio santo para los niños, sino también para mi abuelito Franco. ¡Que hermosos recuerdos!

¡¿Un chicle de menta?!

¡Así es! Según uno de mis amigos pediatras la salivación que produce el masticar un chicle ayudará a neutralizar el ácido estomacal y a aliviar la indigestión. Y como la menta promueve una buena digestión, la combinación de un chicle con menta es la mejor elección.

Para calmar un ataque de llanto incontrolable

Una de mis primeras experiencias memorables con un bebé que no paraba de llorar la viví cuando trabajé como "*baby sitter*" mientras estudiaba en España. Se llamaba Santiago y era un bebé hermosísimo y de carácter súper dócil que tenía aproximadamente cuatro meses de edad. De vez en cuando le daban episodios de llanto inconsolables y yo empezaba a tratar de descubrir qué los estaba causando. Como todo MaPá, comenzaba por chequearle el pañal, verificar si era la hora de su comida o biberón, confirmar si tenía fiebre y por ahí seguía hasta convertirme en un teatro ambulante de personajes en mi intento por hacerlo reír. Poco a poco fui aprendiendo algunos truquitos que me fueron funcionando para calmar su llanto. Aquí los comparto contigo. ¡Espero que te ayuden!

- Darle un masaje con aceite esencial de lavanda en la planta de los pies.
- Darle un sobito en la pancita.
- Acurrucarlo entre tus brazos y mecerlo en un sillón.
- Sacarlo a dar un paseo al aire libre.
- Ponerle música clásica, como la de Mozart.
- Darle a tomar un poco de agua tibia con miel.
- Bañarlo con agua tibia y hacer un juego de burbujas de jabón.
- Jugar con sus juguetes favoritos.
- Susurrarle al oído una canción o un cuento.
- ¡Convertirte en actor para hacerlo reír!

De todos los truquitos que me funcionaron con Santiago hay uno que nunca dejó de sorprenderme. Con solo ponerle la canción "If You Leave Me Now" del grupo de rock Chicago, el Peque paraba de llorar inmediatamente. Algo tenía esa melodía que lo apaciguaba desde que escuchaba la primera nota… ¡Una de esas maravillas inexplicables!

Si tu bebé llora desconsoladamente por varias horas consecutivas, debes llevarlo a examinar a su doctor para evaluar si tiene alguna condición de salud que requiera atención profesional inmediata.

Para aliviar la acidez y el reflujo durante el embarazo

Hay varios remedios caseros conocidos para aliviar la acidez y el reflujo durante el embarazo. Mi editora y hermana del alma Gizelle Borrero me confesó que no hay nada peor que sufrir ese reflujo, que describe como un vaivén que te hace sentir como si estuvieras en un velero a la deriva en alta mar. No debe ser nada gracioso. ¡Y ella sí que es una embarazada experimentada con tres embarazos y uno de ellos de gemelas! Poniendo en práctica estos truquitos, de seguro que encontrarás uno favorito.

P.D. Otra recomendación que recibí de un ginecólogo es dormir con la cabeza levantada en ángulo y hacer un poco de ejercicio diario, como caminar. También es recomendable que trates de evitar los antojos de las comidas con grasas, el café, las bebidas gaseosas y… ¡baja el estrés!

Ingredientes:

- 4-5 aceitunas
- Un limón
- Galletas de soda
- Té de jengibre

Procedimiento:

1. En cuanto sientas el reflujo comenzar, mastica aceitunas verdes.
2. Corta un limón por la mitad y chupa la pulpa.
3. Come unas galletas de soda sin sal.
4. Bebe un té de jengibre.

¿Qué hacen las aceitunas?

Uno de los remedios caseros más curiosos que me han comentado varias mamás es masticar aceitunas, y dicen que eran su salvación cuando empezaban los síntomas de acidez y reflujo. Masticar las aceitunas estimulará la producción de saliva y eso te ayudará a aliviar las molestias. Además, las aceitunas contienen taninos, que ayudan a reducir las náuseas.

Para aliviar los gases

A mi abuelita Teté le encantaba prepararnos té de anís para calmar los gases. A mí no me gustaba mucho, pero como me sanaba, me lo tomaba "cul cul", es decir, "de sopetón y sin pensarlo". Este era uno de los clásicos remedios caseros con el que sencillamente cerraba los ojos y me lo tomaba lo más rápido posible para sentirme mejor de inmediato. Porque la verdad es que cuando tenía que escoger entre sentirme empancinada con un globo en el estómago lleno de gases o tomarme el tecito, la decisión era obvia.

Ingredientes:
- 2 flores secas de anís estrellado
- 4 onzas de agua

Procedimiento:
1. Hierve cuatro onzas de agua con las flores secas de anís estrellado.
2. Luego de que hierva, baja el fuego y déjalo cocer por 5 minutos.
3. Remuévelo del fuego y déjalo entibiar.
4. Dáselo a tomar al Peque. Quizás no le guste mucho, porque tienes que dárselo sin azúcar, pero te aseguro que le va a ayudar a aliviar los gases, así que vale la pena.

El anís estrellado obtiene su nombre de su particular figura en forma de estrella. Esta especie originaria de la China es conocida por sus propiedades digestivas, que ayudan a eliminar los gases intestinales, la flatulencia, los cólicos, las náuseas y además sirven para sanar los espasmos de la vesícula, los intestinos, el útero y el estómago. También contiene ácido shikímico, componente que se utiliza en la elaboración del antivirus tamiflú, según confirmé en el escrito "Synthetic Biology: Livelihoods and Biodiversity – Star Anise", publicado por ETC Group y al que puedes hacer referencia en este enlace: http://www.etcgroup.org/files/Final_CBD_Star%20Anise_case_study_TA.pdf.

¡WOW! ¡La Madre Naturaleza no deja de sorprenderme!

El mejunje de la abuela para sanar la congestión y el catarro

Cuando era niña, cada vez que había señales de inicio de una congestión, Mami nos preparaba este mejunje que me gustaba porque sabía rico (y mira que yo era súper tiquismiquis para tomar y comer cosas raras). No solo tenía un sabor agradable, sino que le decía "bye bye" al catarro rápidamente.

Ingredientes:
- Jugo de 8 limones
- 4 cucharadas de miel de abeja
- Un pedazo de 3 pulgadas de pulpa de sábila
- Una cucharadita de jengibre fresco gratinado
- Una cucharada de aceite de hígado de bacalao

Utensilios:
- Un recipiente con tapa
- Una licuadora

Procedimiento:
1. Echa todos los ingredientes en una licuadora y mézclalos bien.
2. Vierte el mejunje en un recipiente con tapa.
3. Dale a tomar al Peque tres cucharadas al día: una en la mañana, una al medio día, y una en la noche, por una semana.
4. Dale a tomar una cucharada de aceite de hígado de bacalao una vez al día.

Uno de mis remedios favoritos para sanar la congestión es un buen baño de playa. Nada como una buena zambullida en el agua de mar para descongestionar las fosas nasales. Si no estás cerca de la playa, otro truquito que puedes preparar en casa para ayudar a destapar la nariz es el siguiente: en un gotero de pera (esos de goma que parecen un globo) echa agua salina, (para elaborarlo disuelve 1/4 de cucharadita de sal el 8 onzas de agua destilada). Sienta al Peque con la cabeza derecha e introduce la punta del gotero delicadamente en el orificio nasal y apriétalo para que el agua salina entre al orificio. Luego suelta lentamente la presión que estabas haciendo en la goma de pera para que absorba la mucosidad y hazle soplar la nariz con un papel de baño. Limpia el gotero con agua salina y repite el proceso en el otro orificio. ¡Se va a sentir mucho mejor!

Para reforzar el sistema inmunológico

Nuestro sistema inmunológico es el que se activa para combatir las enfermedades en nuestro cuerpo y nos mantiene saludables. Cuando nos ataca una enfermedad, como por ejemplo un catarro, seguido de un ¡Achú, Achúuuu!, podemos fortalecer y darle un "boost" especial a nuestro sistema inmunológico para subir las defensas del cuerpo. Este truquito era uno de los favoritos de mi nana doña María, quien siempre guardaba un frasco de echinacea en la alacena. Si no tienes en casa, ve a buscarla cuanto antes en cualquier establecimiento que venda vitaminas o en la farmacia.

Ñapita:

Además de la echinacea, la vitamina D y la buena costumbre de ingerir mandarinas, limón y jengibre, también ayudan a fortalecer el sistema inmunológico.

Ingredientes:

equinácea   _echinacea angustifolia_

- ½ taza de té de echinacea para los Peques o 1 taza para los MaPás (o una tableta de echinacea)
- Miel de abeja a gusto

Procedimiento:

1. Dale a tomar al Peque (o al no tan Peque) el té o la tableta de echinacea una vez al día.
2. Acompaña la echinacea de una cucharada de miel de abeja diariamente.

La echinacea es una planta medicinal de origen estadounidense que ha sido utilizada durante muchos siglos por sus propiedades para fortalecer el sistema inmunológico. ¡Imagínate, que los indios norteamericanos la utilizaban para tratar las heridas y las mordidas de serpientes! Cientos de estudios realizados han comprobado la efectividad de la echinacea en el sistema inmunológico y hoy en día se considera uno de los mejores antibióticos naturales. Tanto es así que la Comisión E de Alemania, la entidad que es responsable de certificar los fármacos en Alemania, aprobó su uso en el 1989.

Para aliviar el estreñimiento

Ingredientes:

- 6 onzas de jugo o compota de ciruelas
- Una cucharadita de leche de magnesia, aceite mineral o aceite de oliva

Procedimiento:

1. Dale a tomar al Peque un biberón o vaso con jugo de ciruelas dos veces durante el día.
2. Si el jugo de ciruelas no surte efecto y el Peque tiene más de 12 meses, dale a tomar una cucharadita de leche de magnesia, aceite mineral o aceite de oliva.

Hay varios alimentos que nos regala la Madre Naturaleza que también son excelentes para ayudar a aliviar el estreñimiento. Además de las ciruelas, están: la papaya, las uvas pasas, los melocotones, el brócoli y los espárragos. En el caso de las frutas es recomendable comérselas con la cáscara. Las barritas de higos también ayudan a aliviar el estreñimiento, son deliciosas y una buena merienda para los Peques. ¡Y la avena, claro está! Igual de importante es evitar ingerir alimentos procesados, panes blancos, harinas procesadas, salchichas, y/o fritos, entre otros, y velar que la dieta incluya la mayor cantidad de alimentos frescos posible para promover una buena digestión.

Desde que tengo uso de razón he sabido que para el estreñimiento no hay nada mejor que el jugo de ciruelas. Recuerdo una vez que estuve sin ir al baño por varios días y, preocupada, me comí como 4 ciruelas y un vaso de jugo de ciruela, y además me tomé una cucharada de aceite de oliva en el transcurso de un día. Pensando que el efecto era inmediato, esperaba un ratito entre la ingesta de una ciruela y la otra. Como bien dicen los sabios, todo hay que hacerlo con moderación. Y como yo pequé de no tenerla, terminé de carreritas, como no tienen idea. La lección quedó bien aprendida... hay que tener paciencia y esperar a que el remedio trabaje, lo que puede demorar hasta un día. ¡Así que paciencia y mesura!

Ñapita:
Un truquito que también ayuda a aliviar el estreñimiento en los bebés es mojar un palito de algodón con un poquito de aceite de bebé y, con mucho cuidado y delicadeza, pasarlo alrededor del exterior del ano. Esto estimulará al bebé para que evacúe.

Para promover un corazoncito saludable

Ingredientes:
- Limonada natural
- Jugo de parcha

P.D. ¡Tener unos buenos tenis es indispensable!

Procedimiento:

1. Hacer ejercicios cardiovasculares, como por ejemplo caminar, entre 30 - 45 minutos, por lo menos 3 veces a la semana. (Dice el doctor que lo ideal es que te levantes al amanecer para caminar, pero esa decisión la dejo en tus manos. Cumple al menos con ejercitarte las 3 veces por semana que se recomiendan.)
2. Dale a tomar limonada fresca o jugo de parcha una vez al día.

Este truquito me encanta y además me lo recomendó un buen amigo de la escuela, quien hoy día es un reconocido y extraordinario cardiólogo pediátrico, el doctor Rafael Villavicencio. Jamás se me olvidará cuando en escuela elemental nos mandaron a hacer un proyecto especial de la obra literaria "Don Álvaro o la fuerza del sino". Nuestro grupo, liderado por nuestro camarógrafo y director oficial (hoy día el abogado, Arturo Pérez Guerrero), en complicidad con su mamá (nuestra mamá postiza y alcahueta oficial) la licenciada y profesora de Derecho Belén Guerrero de Pérez, decidimos grabar una película de la obra. Y no crean que esta era cualquier producción. Este proyecto creativo que decidimos grabar en el Castillo San Felipe de El Morro tenía tantos Truquitos Caseros (y no voy a entrar en detalles de los vestuarios) que podría escribir un libro de Truquitos Caseros sobre las anécdotas de esta inolvidable experiencia. Lo que sí les dejo saber es que la evidencia del vídeo todavía existe, pero ese no creo que lo van a poder ver. Arturito no lo sacaría de su casa. Eso sí, ese día recorrimos El Morro, siguiendo al pie de la letra lo que en el futuro serían las recomendaciones del hoy doctor Villavicencio para mantener un corazoncito saludable. (Aunque creo que ese día hicimos el ejercicio equivalente al que una persona haría en el promedio de un mes). Y mira las vueltas que da el mundo y lo pequeño que es, que hoy en día mi sobrina y su hijo estudian juntos en el mismo colegio donde estudiamos nosotros, y son, como dirían hoy en día, "bien panas" o amigos.

Para aliviar los cólicos

Ingredientes:

- 4 onzas de agua
- Una bolsita de té de manzanilla o una onza de manzanilla natural

Procedimiento:

1. Hierve el agua con la manzanilla por cinco minutos.
2. Retíralo del fuego y déjalo reposar hasta que esté a una temperatura tibia.
3. Coloca el té en el biberón o en un vasito especial del Peque.

Nada mejor que un rico, delicioso y relajante té de manzanilla (también conocido como camomila) para aliviar los cólicos. Recuerdo a mi abuelita Mama hirviendo el té en la cocina mientras yo la observaba sentada en mi sillita especial junto a la mesa que había preparado solo para los nietos. ¿El ingrediente secreto? Al té le añadía 5 tazas de amor incondicional.

Ñapita:

De acuerdo a la Dra. Hilary McClafferty, una pediatra en Chapel Hill, North Carolina el té de manzanilla ayudará a relajar los músculos intestinales y a calmar al bebé.

Además de la manzanilla, el anís estrellado también tiene propiedades beneficiosas para aliviar los cólicos, así que una tisana también ayudará a aliviarlos. Este truquito lo usaban en casa de mi amiga psiquiatra de niños y adolescentes, la doctora Gloria Suau.

Belleza

"Para tener hermosos ojos, mira por el bien de los demás. Para tener hermosos labios, pronuncia solo palabras de bondad. Y para el equilibrio, camina con la certeza de que nunca estás sola."

-Audrey Hepburn

Para desinflar los chichones

Ingredientes:

- Una cucharadita de sal
- Una cucharadita de mantequilla

Procedimiento:

1. Inmediatamente luego de un golpe de esos que forman un chichón, frota una cucharadita de mantequilla.
2. Luego aplica una cucharadita de sal sobre la mantequilla.

¿Qué hace la sal para aliviar los feos chichones?

La sal ayudará a que el chichón se desinflame.

¿Y qué haces si el chichón viene acompañado de su amigo el moretón?

En ese caso el remedio santo de mi abuelita era aplicarnos una pomada con árnica. Sus propiedades para promover la circulación contribuirán a prevenir los moretones causados por las contusiones. Además, el árnica contiene una lactona antiinflamatoria conocida como helenalina, así que ya sabes que también ayudará a bajar la inflamación.

Ñapita:

El ungüento de árnica, precisamente por sus propiedades antiinflamatorias, también es reconocido por su efectividad para aliviar los dolores de artritis.

Sobre la lactancia y para reafirmar los senos luego de lactar

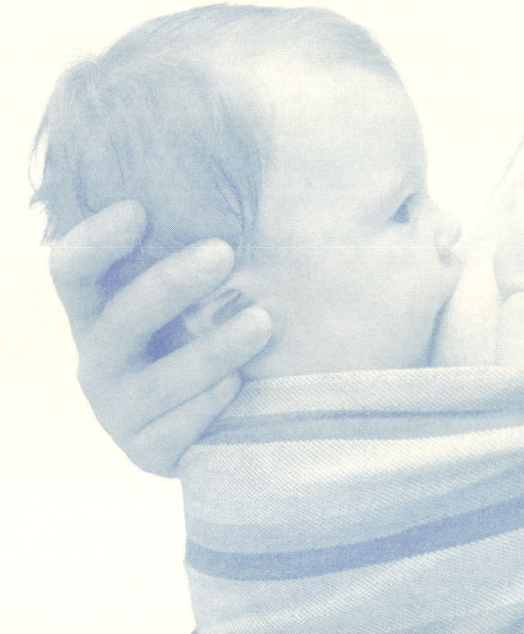

Cuando una madre lacta, el niño recibe no solo el alimento de su madre, sino que también percibe su estado de ánimo: felicidad, estrés, nerviosismo, prisas, preocupaciones, lo que afecta su actitud.

Coquetas al fin, luego de haber lactado a sus hijos, las mujeres quieren volver a tener sus senos firmes y saludables. Para eso, aquí comparto algunos truquitos que ayudarán a Mamá a fortalecerlos luego de haber terminado el periodo de lactancia.

- Todos los días, cuando te bañes en la mañana, enjuaga los senos con agua fría, ya que ayudará a reafirmarlos.

- Aplica un poco de aceite de coco o aceite de almendras y masajea los senos con la mano en forma circular en dirección de las manecillas del reloj.

Hace un tiempo estaba conversando con una pediatra con quien quedé maravillada, la Dra. Enid Colón. Estábamos hablando sobre la lactancia y sus palabras llegaron a lo más profundo de mi corazón. Me dijo lo siguiente: "Si deseas que tu niño crezca saludable, láctalo por lo menos hasta los 12 meses de nacido. Es más barato, no hay que esterilizar ni calentar y el lazo de sentimientos que estableces con tu hijo no tiene precio!

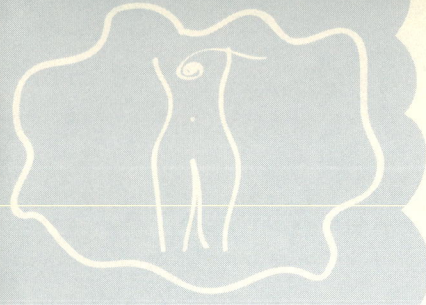

Para aliviar las picadas de insectos

Ingredientes:
- Una cucharadita de miel
- Agua Maravilla

Procedimiento:
1. Inmediatamente luego de una picada, aplicar miel o Agua Maravilla.

Las picadas de insectos pueden ser picosas y AUCH!, dolorosas. ¡Y hay truquitos caseros sencillos para atenderlas inmediatamente! Para eso es importante que siempre tengas en casa estos ingredientes mágicos que no solo servirán para este truquito, sino también para cientos de otros truquitos efectivos. Te ayudarán a calmar a los Peques (y a los que actúan como Peques) en menos tiempo que lo que pueden decir MMMmaaaaaa PPpáaaaaaaaaa a los cuatro vientos!!!

¡Me picó una abeja o avispa!
Corre a la cocina, busca un limón, córtalo por la mitad y exprímelo sobre la picada de inmediato. El jugo de limón neutralizará el veneno. Ahora bien, si el Peque es alérgico a esas picadas, saca las alas del carro o llama al 911 y sal corriendo para el hospital.

¿Qué hace la miel?
La miel ayudará a prevenir la inflamación y además, sus propiedades desinfectantes evitarán que se infecte el área.

Para las estrías causadas por el embarazo

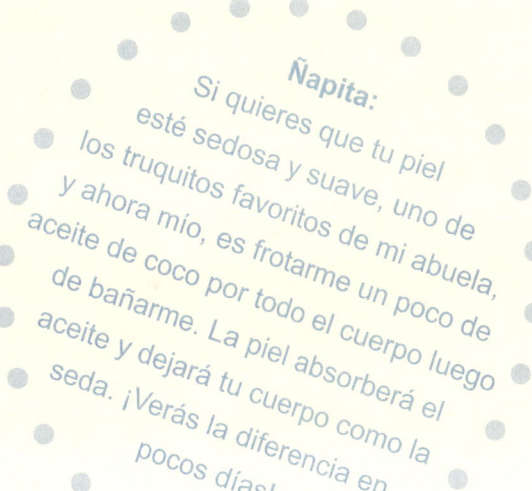

Las estrías son causadas en su mayoría por cambios hormonales o de peso y el embarazo. Por ello, uno de los truquitos caseros que más me preguntan las mujeres embarazadas es qué pueden hacer para prevenir o disminuir las estrías, especialmente las que se forman en el área del vientre y en los muslos. Así que para lograr tu objetivo de darle un "*strike out*" a las estrías y devolverle la elasticidad a la piel, este truquito te ayudará.

Ingredientes:
ɑ Aceite de coco

Procedimiento:
1. Aplica un poco de aceite de coco en el área.
2. Espárcelo masajeando el área con movimientos circulares en dirección de las manecillas del reloj.
3. Repite el proceso todos los días luego de bañarte y antes de acostarte.

Ñapita:
Si quieres que tu piel esté sedosa y suave, uno de los truquitos favoritos de mi abuela, y ahora mío, es frotarme un poco de aceite de coco por todo el cuerpo luego de bañarme. La piel absorberá el aceite y dejará tu cuerpo como la seda. ¡Verás la diferencia en pocos días!

Con
mis
sobrinos
Ariana
y Carli

Mi sobrina Paola Sofía

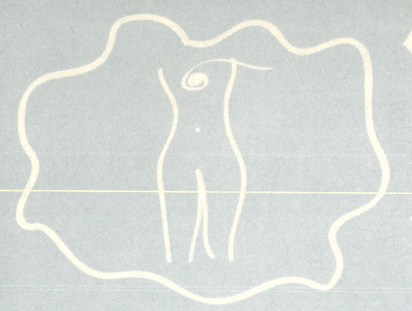

Para después del parto

Luego del parto hay una mezcla indescriptible de alegrías y emociones hermosas por el nuevo ser que has traído al mundo, entrelazadas con los dolorcitos y las molestias físicas que son parte del proceso natural de parir. Este truquito es especialmente beneficioso para madres a quienes han tenido que hacerle una episiotomía, un corte que el obstetra realiza en el área del perineo para facilitar la salida del bebé por el canal vaginal. Lo aprendí de la Dra. Nicolle Díaz y me pareció espectacular, así que aquí lo comparto.

Ingredientes:
- Pulpa de sábila natural
- Agua Maravilla

Utensilios:
- Toallas sanitarias

Procedimiento:
1. Mantén la sábila y el Agua Maravilla en la nevera para que estén bien frías.
2. Esparce la pulpa de la sábila con un poco de Agua Maravilla fría sobre la toalla sanitaria.
3. Utilízala como de costumbre para aliviar y sanar el área.

Ñapita:

La sábila, por sus propiedades cicatrizantes, también ayudará a sanar mejor y más rápido.

Para el salpullido causado por el roce del pañal

Ingredientes:
- Leche fría
- Manteca de cacao ("cocoa butter")
- ½ taza de avena en hojuelas
- 2 tazas de sal de higuera
- Jabón de avena (preferiblemente natural)

Utensilios:
- Algodón

Procedimiento:
1. Si el salpullido está causando picor, empapa un algodón en leche fría, aplícalo en el área, déjalo reposar unos 10-15 minutos, y luego enjuágalo con agua fría.
2. Después aplica manteca de cacao sobre el área.
3. Al momento del baño, añade la avena y la sal de higuera a la bañera llena de agua tibia. El baño debe durar como máximo entre 10-15 minutos.
4. Utiliza preferiblemente un jabón natural a base de avena para bañarlo.

No hay nada más irritante para un niño que un culito lleno de salpullido y picoso. No te digo yo, ¡que hasta de adultos lloraríamos incansablemente si nos encontráramos en esa situación! Pero en casa había un remedio santo para sanar hasta el salpullido más intenso. ¡¡¡Ahhhhhhhh!!! Qué alivio sienten no solo los Peques, sino los MaPás al verlos sonreír y jugar felices de nuevo.

Ñapita:

El orín, al entrar en contacto con la piel, puede causar irritación. Si utilizas pañales de tela, añade ½ taza de vinagre blanco al enjuague final del lavado. El vinagre neutralizará los residuos de amoníaco en el orín del pañal, eliminará el fuerte olor característico del orín ¡y hasta los residuos del jabón! Tu Peque te lo agradecerá.

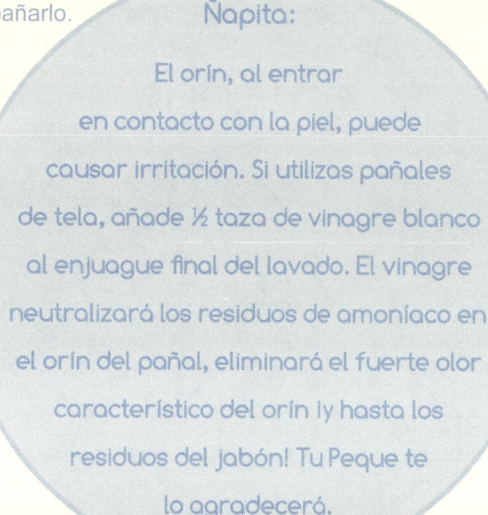

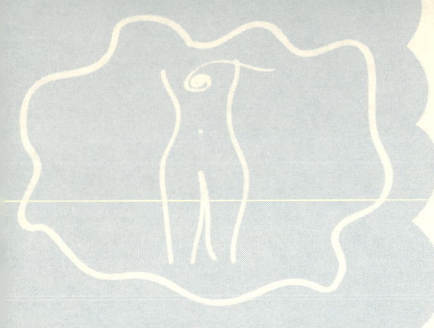

Para disminuir las cicatrices causadas por los golpes o la cesárea

Ya sea que Mamá parió por cesárea o que el Peque haya sufrido alguna caída o golpe que le ocasionó una herida en la piel, las cicatrices siempre son una preocupación para todos, en especial si están en un área estéticamente visible y que llame la atención de otras personas. Una de mis plantas medicinales favoritas es la sábila. Es uno de esos regalos milagrosos de la Madre Tierra, de la que se han realizado cientos de estudios que han comprobado su efectividad para sanar diversas condiciones de la piel, como: las quemaduras, las heridas, las cicatrices y hasta sirve para retrasar el envejecimiento. Además, es utilizada en muchísimos productos de belleza. Lo bueno es que la sábila puedes sembrarla hasta en un tiesto. Sí, definitivamente es una planta que no debe faltar en casa.

Hace un tiempo leí que en la época de Alejandro Magno se utilizaba la pulpa de la sábila para sanar las heridas de combate de los soldados. ¡Ya ves qué poderosa es!

Ingredientes:

- Pulpa de sábila natural

Procedimiento:

1. Aplica la pulpa de sábila sobre la herida o cicatriz.
2. Repite el proceso luego de bañarte (por lo menos dos veces al día).

Toallitas de bebé hechas en casa

Ingredientes:

- 2 cucharadas de jabón líquido de bebé
- 2 cucharadas de aceite de oliva
- 2 tazas de agua hervida y enfriada
- Vitamina E en líquido (o el líquido de una cápsula)

Utensilios:

- Un recipiente con tapa hermética
- Un recipiente para mezclar
- Papel toalla cortado al tamaño del recipiente o toallitas de bebé reusables de tela

Aunque este truquito lo incluí en mi primer libro, era indispensable incluirlo en esta publicación. Aunque son "para bebés", yo los preparo y los tengo siempre en la casa y en el automóvil para atender los accidentes imprevistos que se pueden presentar. Además, uno de mis secretos es que estas toallitas son las que uso para removerme el maquillaje, especialmente el "bondo" que se usa para la televisión. Así que Mamá, ya sabes otro de sus usos... te aseguro que dejará tu cutis limpio y suave como la seda.

Procedimiento:

1. Acomoda dentro del recipiente el papel toalla o las toallitas reusables colocándolas una sobre la otra.
2. En un recipiente aparte mezcla el jabón de bebé, el aceite de oliva, el agua y la vitamina E.
3. Vierte la solución en el recipiente con el papel toalla o toallitas.
4. Cierra el recipiente y agítalo para distribuir la solución a través de todas las toallitas.

Otra manera de utilizar la solución es colocarla en una botella con atomizador y mantener las toallitas secas aparte. En ese caso, rocía la solución en el área que deseas limpiar y luego la frotas con las toallitas secas.

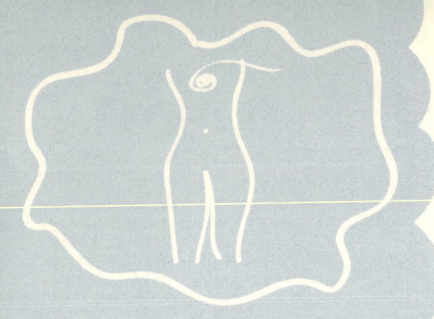

Para aliviar la infección o candidiasis vaginal

Tengo un muy buen amigo ginecólogo a quien respeto y admiro mucho, y con quien he tenido la oportunidad de colaborar en varios proyectos, el Dr. Joxel García. En adición a ser un excelente ser humano, es un reconocido ex Almirante de Cuatro Estrellas del US Public Health Service Commissioned Corps y ha ocupado posiciones claves en el campo de la salud mundial. Entre sus credenciales profesionales, fue subsecretario del Departamento de Salud y Servicios Humanos de los Estados Unidos, Comisionado de Salud Pública del Estado de Connecticut, Director Adjunto de la Organización Panamericana de la Salud (la Oficina Regional para el Hemisferio Occidental de la Organización Mundial de la Salud), Presidente de la Escuela de Medicina de Ponce en Puerto Rico y, al momento de publicar este libro, ocupa el puesto de Director del Departamento de Salud de Washington, DC.

Y como hasta los médicos más destacados también tienen sus Truquitos Caseros, aquí comparto con ustedes las recomendaciones que nos hizo para tratar la infección o candidiasis vaginal, como una aportación para este libro:

 Aunque no se recomiendan duchas vaginales de rutina, una ducha de vinagre puede ayudar a restaurar el pH normal de la vagina (que es aproximadamente 4.5

 Las duchas vaginales con yogur, que contiene lactobacilos vivos o bacterias acidophilus, puede ayudar a restaurar los microorganismos necesarios y perdidos durante la infección, o como resultado del uso de antibióticos.

 La cultura viva en el yogur natural es un excelente remedio para una infección causada por hongos, pues ayuda a restaurar el equilibrio ácido-bacterias.

 Comer yogur con culturas vivas es bueno, pero también se puede insertar de 1 a 2 cucharadas en la vagina. El yogur se puede aplicar externamente sobre la zona afectada (anal o vaginal), o se puede utilizar como una ducha diluyéndolo con agua tibia.

 Otra alternativa para casos más severos es utilizar tabletas de lactobacilos por vía vaginal una vez o dos veces al día y las duchas vaginales con vinagre dos veces al día durante dos días.

 Tomar jugo de arándano ("cranberry") sin azúcar puede acidificar las secreciones vaginales y prevenir infecciones de hongo vaginal. Comer dos dientes de ajo fresc al día, ya sea liso o picado también puede prevenir las infecciones por hongos o ayudar a aclarar un caso de candidiasis bucal. Su efectividad radica en que el ajo tiene propiedades antifúngicas.

Para la caspa

Ingredientes:

Ⓠ Enjuagador bucal del original (sí, el color ámbar)

Procedimiento:

1. Lava tu cabello como de costumbre.
2. Vierte el enjuagador bucal sobre el cuero cabelludo y espárcelo bien.
3. Déjalo puesto mientras te bañas y luego enjuágalo bien.

Esos copitos de nieve que caen como lluvia desde la cabeza no están "in" ni tampoco forman parte del último look de la moda. La verdad es que el "nieve look" en la ropa tampoco favorece mucho a nuestra imagen y a los niños les causa mucha vergüenza. Esta condición se conoce con el nombre de *pitiriasis capitis* y es causada por un hongo que se llama *Pityrosporum ovale* y no por resequedad como comúnmente se piensa. ¡Y ni hablar de cuando empieza el pica pica en la cabeza! Hay diversos truquitos que conozco que pueden ayudar a controlar la caspa y disminuir la sensación de picazón. Lo chévere es que son fáciles de hacer en casa y los puedes realizar cuando te lavas el cabello. ¡Ya ves, hasta te economizo tiempo!

¿Qué hace el enjuagador bucal?

El enjuagador bucal original contiene varios componentes para tratar los hongos y fue creado inicialmente como un antiséptico quirúrgico para tratar las infecciones causadas por estos. Como la caspa es causada por un hongo, ayudará a combatirla.

Ñapita:

Otro truquito que puedes utilizar si el tono de tu cabello es claro, es el siguiente. Mezcla dos tazas de agua con el jugo de un limón. Aplícalo al cabello luego del enjuague final y déjalo puesto (o sea, que no lo enjuagues). Sin embargo, vuelvo a repetir que solo debes utilizarlo si tu cabello es de color claro, ya que el limón podría aclarar el tono de tu cabello al entrar en contacto con el sol. ¡Así que, cuidado!

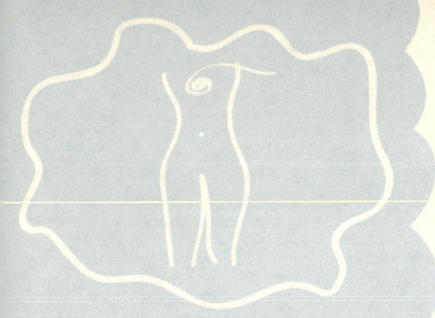

Para ganar la batalla contra los piojos en el cabello

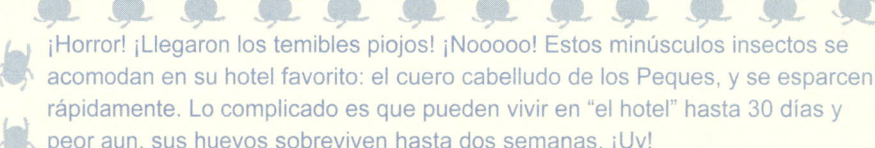

¡Horror! ¡Llegaron los temibles piojos! ¡Nooooo! Estos minúsculos insectos se acomodan en su hotel favorito: el cuero cabelludo de los Peques, y se esparcen rápidamente. Lo complicado es que pueden vivir en "el hotel" hasta 30 días y peor aun, sus huevos sobreviven hasta dos semanas. ¡Uy!

El primer combate de la guerra comienza con el "pica pica" en la cabeza, seguido por el "rasca rasca" incontrolable y la irritación emocional que causa en los niños. La segunda batalla comienza con la desesperación de los MaPás, en cuanto a qué hacer para deshacerse de estos indeseables huéspedes y evitar que se conviertan en una plaga y contagien al resto de los integrantes de la familia, del vecindario… o de la escuela. ¡Aquí los truquitos caseros que salen al rescate! Verás cómo ganas la batalla contra estos minúsculos animalitos.

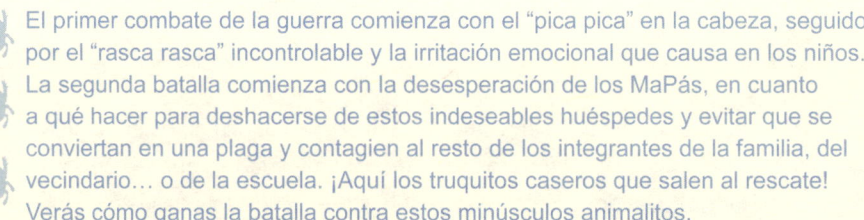

Ingredientes:
- ½ taza de vinagre blanco

Utensilios:
- Una gorra de pelo
- Una peinilla de cerdas pequeñas

Procedimiento:
1. Empapa el cuero cabelludo y el cabello con el vinagre blanco.
2. Cúbrelo con la gorra de baño por 30 minutos (asegúrate de cubrir las orejas).
3. Lávalo como de costumbre.
4. Divide el cabello en secciones pequeñas.
5. Peina cada sección desde la cabeza hasta la puntas utilizando la peinilla de cerdas pequeñas para remover los huevitos o liendres.
6. Repite los pasos 4 y 5 en la mañana y en la noche.
7. Repite el proceso completo cada dos días hasta que hayan desaparecido los piojos.

Es importante que además de realizar este proceso, te asegures de lavar con agua hirviendo la ropa de vestir, la ropa de cama y limpiar bien las áreas donde los piojos puedan caer, como por ejemplo los muebles de la sala en donde los niños recuestan la cabeza al ver TV o cuando se divierten con sus juegos electrónicos. También es importante que no compartan sombreros, cepillos, peinillas, hebillas, gomitas de pelo, diademas u otros accesorios que estén en contacto con el cabello.

Para los pies hinchados durante el embarazo

Ingredientes:
- 1/4 taza de aceite de almendra
- 8 gotas de aceite esencial de lavanda
- Un puñado de sal gruesa o sal de higuera ("Epsom salt")
- Agua tibia

Utensilios:
- Una palangana o recipiente donde quepan los pies cómodamente
- Una toalla limpia

Procedimiento:
1. Llena la palangana de agua tibia.
2. Añádele el aceite de almendra, la lavanda y la sal de higuera.
3. Sumerge los pies dentro del agua por lo menos 20 minutos y relájate.
4. Sécalos con la toalla.

La hinchazón en los pies durante la gestación es bastante común. Para ayudar a desinflamarlos, relajarte un poco y promover una mejor circulación sanguínea, este truquito es fabuloso. Estoy segura de que vas a suspirar y decir "¡¡¡Ayyyy, que riiiiico!!!".

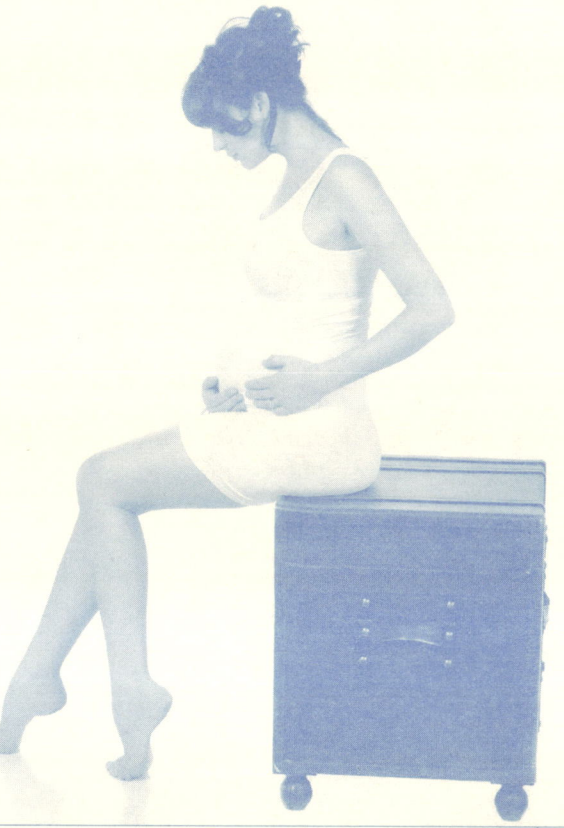

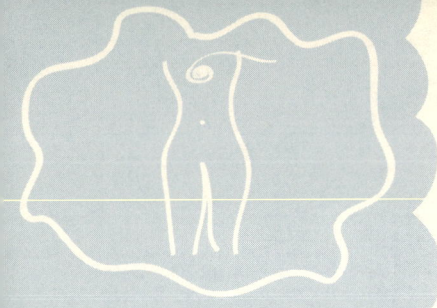

Automasaje para Mamá y el Peque en camino

A veces durante el embarazo puedes experimentar tensiones. Estos masajes sencillos que me recomendó una amiga y profesora de yoga para embarazadas, son muy apropiados para realizarte a ti misma durante el periodo de gestación.
Te ayudarán a relajarte y a sentirte mejor. Además, puedes realizarlos prácticamente en cualquier lugar, ya que puedes hacértelos con o sin ropa.

Para el área de la cabeza

- Coloca las yemas de los dedos en el cuero cabelludo.
- Presiona suavemente y masajea la cabeza.

Para el área del cuello y los hombros

- Siéntate cómodamente.
- Coloca tus manos sobre los hombros (puedes hacer un lado a la vez si lo prefieres).
- Muévelas suavemente en círculos a favor de las manecillas del reloj por lo menos un minuto.

Para el área del vientre

- Siéntate cómodamente.
- Coloca tus manos sobre el vientre y muévelas suavemente en círculos a favor de las manecillas del reloj por lo menos un minuto.

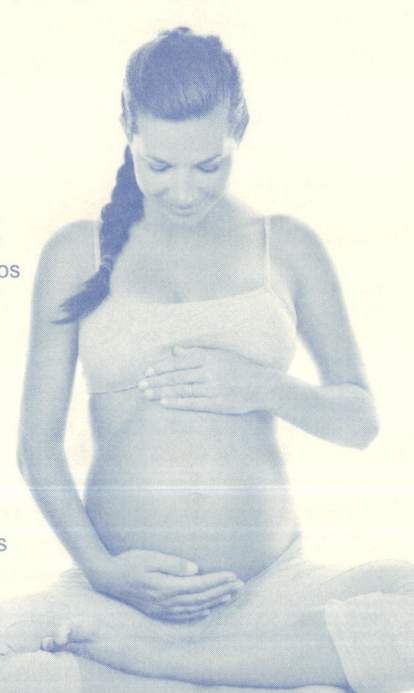

Para la espalda baja

- Párate derecha y coloca los dedos pulgares de tus manos en el área de la espalda baja.
- Muévelos suavemente en forma circular.
- Repítelo tres veces.

Posturas de yoga beneficiosas durante la gestación

La yoga es un ejercicio muy recomendable, que promueve una mejor calidad de vida para las mujeres durante el embarazo. Es una práctica que facilita el estiramiento corporal, el balance, la flexibilidad y la respiración consciente. A medida que va avanzando la gestación, hay posturas que pueden volverse un poco difíciles de realizar. Lo importante es que realices aquellas que son seguras y cómodas para ti. Aquí te comparto una postura de yoga meditativa que te ayudará a relajarte y a reducir la tensión en el área de la espalda baja.

1. Selecciona un espacio en el piso donde puedas sentarte con la espalda recostada en una pared.
2. Coloca una toalla o un cojín en el piso pegado a la pared.
3. Siéntate cómodamente sobre el cojín, con la espalda derecha y pegada a la pared, y las piernas cruzadas.
4. Inhala lentamente por la nariz y exhala lentamente por la boca.
5. Repite el proceso durante tres minutos.

Si no puedes sentarte en el piso, puedes realizar la postura sentada en alguna silla. En ese caso selecciona una silla con espaldar recto donde puedas sentarte derecha y cómoda. Coloca el cojín en el piso, en el área de los pies. Siéntate en la silla y recuesta la espalda en el espaldar. Coloca tus pies sobre el cojín, asegurándote de que las rodillas queden al nivel de la cadera o más alto. Sigue los procesos número 4 y 5 arriba indicados.

respira...   *respira...*

respira...

El Truquito Casero favorito de Víctor

Tooodos tenemos y usamos los truquitos caseros. Desde los más grandes hasta los más chicos. ¡Y este el truquito favorito de Víctor del grupo "Atención Atención"

Si alguna vez el niño se quema, ya sea por el sol o debido a un accidente, debes poner el área afectada lo antes posible en agua fría de 15 a 20 minutos. Disminuirá el ardor y la quemadura en un 20 por ciento.

Víctor

Es el cantante y líder de la banda Atención Atención. Vistiendo su corbata verde, Víctor está siempre dispuesto a ayudar a quien lo necesite, a aprender cosas nuevas y a hacer música! Ser el director de la banda Atención Atención no es tarea fácil, hay que practicar mucho las canciones para que todo salga bien y además es un perfeccionista. Claro, que a veces, los músicos hacen sus travesuras y eso puede complicar las cosas, pero Víctor lo toma con humor ya que sabe que lo importante es hacer lo que nos gusta con mucha pasión y alegría. Entre sus actividades preferidas, aparte de cantar, está tocar la guitarra, que el público se divierta en los shows en vivo y compartir el escenario con todos sus amigos. Conoce más sobre el grupo Atención Atención en www.atenciónatención.com

Mascarilla especial para mamá

Ingredientes:
- 3 pedazos cuadrados de aproximadamente 2 pulgadas de ancho de pulpa de papaya fresca y sin semillas
- Una cucharada de miel de abeja

Utensilios:
- Un recipiente pequeño y hondo para mezclar
- Un tenedor

Procedimiento:
1. Maja la papaya con el tenedor en un recipiente hasta hacerla puré.
2. Añade la miel de abeja y mézclalos bien.
3. Frota el puré por el cutis y déjalo puesto durante 15 minutos.
4. Enjuágate el cutis con abundante agua fría.
5. Repite el proceso una vez a la semana.

La maravillosa papaya

La papaya, también conocida como lechosa, es un regalo maravilloso que nos regala la Madre Naturaleza y era uno de los alimento favoritos de mi abuelita Mama y de mi amado maestro de la India, Keshava Bhat (QEPD). Además de ser deliciosa, sus propiedades para tratar diversas condiciones de salud han sido probadas en muchos estudios científicos. Esta fruta es alta en nutrientes antioxidantes y minerales, y contiene una encima llamada papaína, conocida por sus propiedades para combatir los microbios, las úlceras, ayudar a sanar las cicatrices y promover una piel saludable. Además, esta mascarilla también ayudará a disminuir las arrugas que se forman alrededor de la boca y a aclarar las manchas en la piel.

Para los ojos hinchados por la falta de sueño

Ñapita:

Si luego de retirar los algodones colocas una rodaja de pepinillo recién cortado sobre los párpados cerrados durante por lo menos cinco minutos, tus ojos se verán radiantes y nadie imaginará tu laaaarga y desvelada noche.

¡Cuántas desveladas no se dan los MaPás por sus Peques! Desde el momento en que nace el nuevo miembro de la familia, dormir nunca será igual. Cuando recién nacidos no dejan dormir a los MaPás porque hay que levantarse continuamente durante la noche para atenderlos. Cuando pequeños porque se enferman. Ya cuando más grandes porque empiezan a salir y los MaPás se tienen que quedar pendientes a que lleguen sanos a casa luego del fiestón. Y luego de adultos porque los MaPás se preocupan por las situaciones de sus vidas. Dormir, sin lugar a dudas, es uno de los grandes cambios que ocurre en la vida de todo MaPá. Las desveladas, como sabes, van acompañadas de dos pelotas de golf encima de la nariz, digo, los ojos hinchados. Este truquito era el remedio santo de mami y te aseguro que te ayudará a llevarlos a la normalidad para que no tengas que andar con gafas de sol dentro de la oficina.

Ingredientes:
- ½ cucharadita de sal
- Una taza de agua caliente (pero que no te queme la piel)

Utensilios:
- 2 algodones

Procedimiento:
1. Añade la sal al agua caliente y remuévela bien.
2. Empapa dos algodones en el agua.
3. Colócalos sobre los párpados cerrados por quince minutos y luego retíralos.

Para decirle "bye bye" al acné causado por los cambios hormonales durante el embarazo

Ingredientes:

- Jabón de avena
- Yogur natural

Procedimiento:

1. Aplícate yogur natural en el cutis y alrededor de los ojos.
2. Utiliza un jabón a base de avena (preferiblemente natural) para lavar el cutis.

Algunas mujeres comienzan a padecer de acné durante el embarazo. Esto se debe a los cambios hormonales que está atravesando el cuerpo en preparación para el bebé que viene en camino. Estos truquitos caseros te ayudarán a mantener la piel humectada a la vez que contribuirán a eliminar el exceso de grasa.

Para las uñas que se debilitan durante la gestación

Ingredientes:
- Ⓠ Una cucharada de aceite de oliva
- Ⓠ ½ cucharadita de Vitamina E (en líquido)

Utensilios:
- Ⓠ Una brocha de esmalte (limpia)
- Ⓠ Un vasito pequeño para mezclar

Una gran cantidad de mujeres comentan que durante el embarazo las uñas se les debilitan. Esto, al igual que el acné está relacionado al incremento de las hormonas en el cuerpo. Este truquito de mi abuelita no tendrá efectos secundarios y te puede ayudar a endurecer las uñas y a mantenerlas hermosas y saludables durante esta etapa tan especial de tu vida.

Procedimiento:
1. Mezcla el aceite de oliva y la vitamina E (en líquido) en un vasito pequeño.
2. Moja la brocha de esmalte en la solución.
3. Aplícala en las uñas, como si fuera esmalte.
4. Déjala puesta por cinco minutos y luego enjuágate con agua y jabón.

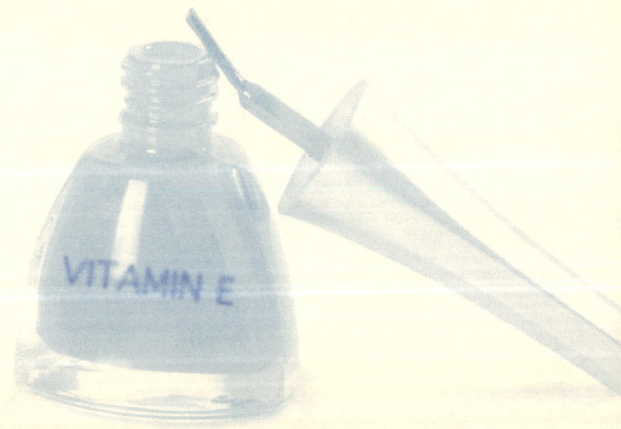

Para estimular la producción de leche materna

Ingredientes:
- ½ taza de semillas de ajonjolí
- Un litro de agua destilada, leche de coco o leche de almendras
- Miel de abeja (a gusto)

Utensilios:
- Batidora
- Plancha de hornear o papel de aluminio
- Hornito u horno

Procedimiento:
1. Coloca las semillas de ajonjolí en una plancha de hornear plana.
2. Tuesta las semillas en el horno por aproximadamente 30 segundos a 1 minuto (tienes que estar pendiente porque se tuestan bien rápido y no quieres quemarlas ☺).
3. Licúa el agua con las semillas.
4. Sírvela en tu vaso favorito y tómala fría.

> **Ñapita:**
> El comino también es conocido por sus propiedades estrogénicas que estimulan las glándulas mamarias y aumentan la producción de leche materna. Así que además de la horchata de ajonjolí, puedes también añadir esta rica especie a tus platos favoritos.

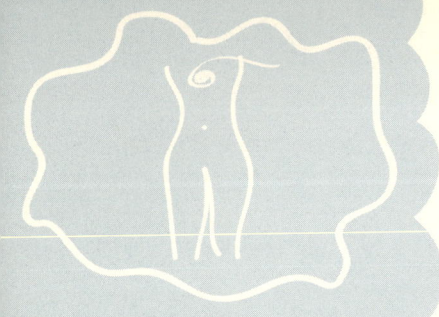

Alcoholado hecho en casa

Ingredientes:

- Una botella de 8 onzas de alcohol puro
- Al menos tres (3) de las siguientes:
    - 3 hojas de alcanfor
    - 3 hojas de laurel
    - 3 hojas de orégano pequeño
    - 3 hojas de eucalipto
    - 3 hojas de ruda — rue
    - 3 hojas de salvia
    - 3 hojas de malagueta = bay rum tree / tabasco? /Pimienta aceituna

Procedimiento:

1. Añade las hojas a la botella de alcohol.
2. Déjalo reposar por lo menos 7 días, hasta que la esencia de las hojas se incorpore al alcohol y estas suelten su tinta.
3. Aplícalo sobre el área adolorida del cuerpo o donde guardas las tensiones (la espalda y los hombros, y en particular la nuca).

Los usos del alcoholado

Las propiedades de la mezcla de plantas que incorpora este alcoholado son muchísimas. Además de ser desinfectante, ayuda a aliviar los dolores musculares, de cabeza y de artritis. También es refrescante y alivia los síntomas de catarro, la monga y el flú.

Frótalo en el área afectada. Incorpóralo en tu baño caliente. Aplícalo en paños y colócalos sobre la frente y la sien por 20 minutos.

Hogar

"La limpieza es algo que tenemos que hacer
para tener más tiempo para disfrutar de
la familia y los amigos."
--Mrs. Thelma A. Meyer
creadora de los productos Mrs. Meyer

La importancia de mantener en casa alimentos saludables

Qué delicioso es disfrutar de una sabrosa comida preparada en casa por mamá, papá o la abuela. Esto no tiene comparación. Y como dicen por ahí, somos lo que comemos y el amor entra por la cocina. Lo curioso es que en los tiempos de las abuelas no existían muchas de las enfermedades y padecimientos que tienen los niños (y los MaPás) hoy en día, o por lo menos su incidencia era muchísimo menor. Por ejemplo, las enfermedades como: condiciones cardíacas, diabetes, cáncer, ADD, ADHD y obesidad no eran, en términos porcentuales, tan altas como en nuestros días. Estoy convencida de que esto se debe en gran medida a los hábitos de alimentación tan diferentes que hay entre las generaciones de entonces y la de ahora.

Antes se comía saludable de verdad, con productos frescos que llegaban a nuestras manos directamente de la Madre Tierra. La dieta actual, por el contrario, incorpora muchos alimentos procesados. El ritmo de vida tan acelerado que llevamos hoy va a la velocidad de un *jet*. Hoy, si la comida no está lista en 5 minutos, hay problemas. ¡Hasta si en un restaurante no nos sirven rápido protestamos! Sin embargo, la comida de antes tomaba tiempo de elaboración, era todo un ritual culinario lleno de amor y sazonado con especias de paciencia, de aromas y sabores que unían a la familia para comer juntos en casa.

Mantener alimentos frescos en la casa es una práctica maravillosa que contribuirá a una mejor calidad de vida para toda la familia. Comprendo que no todo el mundo tiene la dicha de cocinar en casa. Por eso, decidí compartir algunas ideas de alimentos "instantáneos" con los que no tienes que pasar trabajo porque la Madre Tierra los prepara por nosotros ¡y además te los entrega listos para comer! Así que para las meriendas y para los antojitos, aquí les comparto algunos truquitos saludables que siempre pueden tener en casa:

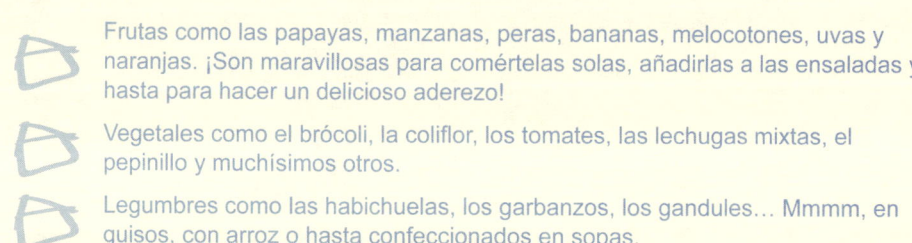

Frutas como las papayas, manzanas, peras, bananas, melocotones, uvas y naranjas. ¡Son maravillosas para comértelas solas, añadirlas a las ensaladas y hasta para hacer un delicioso aderezo!

Vegetales como el brócoli, la coliflor, los tomates, las lechugas mixtas, el pepinillo y muchísimos otros.

Legumbres como las habichuelas, los garbanzos, los gandules… Mmmm, en guisos, con arroz o hasta confeccionados en sopas.

La papa, yuca, chayote, yautía, malanga, apio… Se me hace la boca agua de pensar en saborearlas hervidas y bautizadas con un chorrito de aceite de oliva, sal y pimienta.

Las almendras, el maní, los pistachos, y el ajonjolí, que puedes comer solos, en ensaladas, o añadiéndolos al confeccionar tus platos favoritos.

Pescados "wild catch". Sí, esos que se pescan mientras pasean libremente por los océanos.

Para limpiar una olla con leche quemada y sacar manchas de leche

A todos nos ha pasado. Colocaste una olla con leche para hervirla, fuiste "un segundo" a buscar algo en el cuarto y a los pocos minutos llega a tu nariz el aroma a leche quemada. ¡Noooooo! Ahora tienes tu olla favorita impregnada de olor a ahumado y con una costra imposible de remover. ¿Cierto? No. Respira profundo y tranquilízate que es fácil de limpiar. Con este truquito que aprendí de una vecina de mi infancia, el asunto de la olla quemada pasará a formar parte de tu lista de problemas resueltos en el día de hoy (y en las próximas veces que te ocurra, que espero que no sean muchas porque no debes dejar la estufa desatendida).

Ingredientes:
ɑ Sal

Utensilios:
ɑ Una esponja de fregar platos

Procedimiento:
1. Humedece la olla con un poquitito de agua, solo para cubrir el fondo.
2. Vierte la sal en la olla hasta cubrir todo el fondo y déjala reposar durante diez a quince minutos.
3. Frota suavemente con la esponja de fregar platos hasta remover toda la costra.
4. Lava la olla como de costumbre.

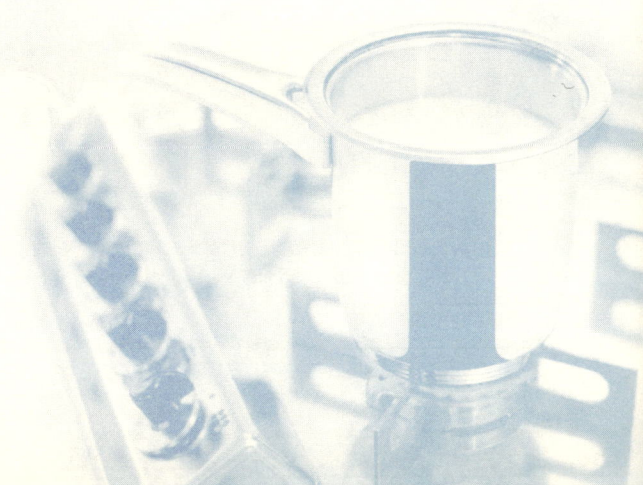

Para remover las curitas sin escuchar...

Ingredientes:
Ɑ Aceite de oliva o aceite de bebé

Utensilios:
Ɑ Una brocha de esmalte (limpia)
Ɑ Un vasito pequeño para mezclar

Procedimiento:
1. Empapa la curita con el aceite y permite que se sature del mismo. Como diría mi amigo el presentador Rubén Sánchez, canta un "Happy Birthday" en lo que la curita se va soltando.
2. Remueve la curita suavemente.

Recuerdo lo doloroso que era que me quitaran una curita. ¡Todos nos volvíamos escurridizos cuando sabíamos que se acercaba el momento crucial del gran jalón! (Y hasta de adultos he escuchado varios ¡AUCH! a causa de esto). Mami tenía el mejor truquito casero para remover las curitas. Estoy segura que la próxima vez que tengas que dar el jalón, no va a ser tan doloroso como los anteriores.

...¡AAAAAuch!

Para sacar manchas de sangre

Ingredientes:
Ⓠ Agua oxigenada

Utensilios:
Ⓠ Un paño o toalla suave

Procedimiento:
1. Aplica el agua oxigenada sobre la mancha.
2. Frótala suavemente con el paño y repite el proceso hasta que la mancha de sangre haya desaparecido.

Parte de las aventuras de un niño es el disfrutar y jugar incansablemente. Sin embargo, cuando menos lo esperamos pueden ocurrir accidentes leves que causan esos dolorosos golpes seguidos por un llanto inconsolable. Acto seguido, y en menos de un abrir y cerrar de ojos, salimos al rescate. Para calmar el llanto y la desconsolación, nada como demostrar nuestro amor incondicional, afecto y empatía hacia nuestros niños. Pero cuando se trata de sacar las manchas de sangre que los golpes pueden haber causado, nada como el truquito de mi abuelita Teté. Esa sí que era mejor que La Mujer Maravilla.

Qué hacer para que los niños no se orinen en la cama

Ingredientes:
- 2-4 galletas de soda
- Un plástico cubre cama

Procedimiento:
1. Dale al niño a comer galletas de soda antes de irse a dormir.
2. Cubre el *matress* de la cama con plástico para evitar que se traspase el orín.

NO pipi

¿Por qué funcionan las galletas?

La harina de las galletas ayudará a absorber el líquido y esto contribuirá a que el niño no se haga pipi en la cama.

Lograr que los Peques no se orinen en la cama es toda una odisea. Pero con amor y mucha paciencia siempre se logra. Recuerdo que cuando era niña uno de mis amigos de la infancia se hacía pipi en la cama todas las noches hasta bastante grandecito. Su vergüenza ante la situación era notable, especialmente cuando sus primos le ridiculizaban frente a sus amigos. Esto es algo que NUNCA debe hacerse, debemos velar porque nuestros niños respeten la integridad y los sentimientos de sus compañeros. Recuerdo que su mamá le pedía, con mucho amor, que le ayudara a cambiar la cama y luego a lavar las sábanas. De esta manera él empezó a tomar conciencia de las consecuencias de su "accidente" y con la retroalimentación positiva de sus padres, pronto sobrepasó esa etapa. Recuerda que hablar positivamente a los niños, en lugar de insultarlos o ridiculizarlos, con mucha probabilidad aportará a que logren sus metas con conciencia y más rápido.

Los truquitos de mi amigo viajero favor

Si hay alguien que conoce de lugares remotos y mágicos es mi gran amigo El Trotamundos. Si sigues sus consejos te aseguro tendrás un viaje seguro a través de tu maravillosa experiencia de vida. ¡Buen viaje!

Por: El Trotamundos

Cuando se ha tenido la dicha de viajar alrededor del mundo, se descubre que la tierra nos ofrece regalos muy valiosos para disfrutarlos como humanidad. Ya sea en mis aventuras por Sur o Centro América o en la Gran Sabana africana siempre llevo conmigo estos regalos: los aceites esenciales. Estos no deben faltar en nuestra caja de Truquitos Caseros pues son opciones naturales para tratar múltiples afecciones, son fáciles de transportar y no tienen efectos secundarios. Cuando se trata de nuestros amados niños existen 3 aceites favoritos: la lavanda, la menta piperita y la melaleuca ("tea tree oil") que resultan ser muy versátiles.

A continuación una guía de usos y recomendaciones:

Para dormir
Unta unas gotitas de lavanda en la frente de tu niño y en sus plantas de lo pies antes de acostarlo a dormir. Esto lo ayudará a relajarse y a disfrutar mejor de las ventajas de un sueño reparador.

Para la fiebre y la indigestión
Para ayudar a bajar la fiebre, aplica unas gotas de menta piperita en la espina dorsal. Si se trata de indigestión o dolor de estómago, un sobito con menta en la barriguita ayudará a aliviarle el malestar.

Para las cortaduras
Para las cortaduras y los raspones (comunes en los niños) usa una mezcla de lavanda y melaleuca en el área para ayudarlos a sanar.

Conoce más sobre El Trotamundos y sus aventuras en http://www.eltrotamundos.info/web/

Para amoldar los zapatos nuevos de cuero (Sí, los que después no se quieren poner)

Papi, militar al fin, siempre tenía todos sus zapatos "acicalaos" como decía mi abuelo o "spick and span" como dicen los americanos. No tenían ni una pizca de polvo. (Igual que cuando hace la cama, que la deja como si la hubiera planchado; si tiras una moneda en el centro, rebota). Uno de los truquitos que aprendí para mantener los zapatos de la escuela como nuevos y estirarlos si me apretaban, lo comparto aquí contigo. ¡Ya verás lo sencillo, económico y efectivo que es!

Ingredientes:
- Aceite de cocinar
- Agua

Utensilios:
- Un paño húmedo
- Un paño seco

Ñapita:

Este truquito también es excelente para que Mamá limpie sus carteras y Papá su maletín.

Procedimiento:

1. Para limpiar los zapatos, pásales un paño húmedo sobre la superficie para remover el polvo y cualquier manchita que puedan tener.
2. Luego coloca una o dos gotas de aceite vegetal en el paño seco y frótalo por la superficie del zapato.
3. Para amoldar o expandir los zapatos nuevos, introduce un paño húmedo en el interior durante una noche.

Para mantener los zapatos olorosos luego de hacer deportes

Ingredientes:
- Talco de bebé
- Bicarbonato sódico ("baking soda")

Procedimiento:
1. Espolvorea el interior de los zapatos con talco de bebé o bicarbonato sódico.
2. Repite el proceso cada vez que te los quites.

Ñapita:

Si la situación es que además de los zapatos, los pies te sudan y expelen un olor fuerte y desagradable, entonces cubre tus pies con el talco de bebé o el bicarbonato sódico antes de ponerte las medias.

Para remover las pegatinas o "*stickers*" sin que dejen rastro

Uno de los pasatiempos favoritos de los niños es pegar los "*stickers*" no solamente en los libros de pintar, sino en las paredes, cristales, mesas, ventanas, puertas, etc., etc., etc. Sabemos que la creatividad les sobra a los Peques. El problema es que cuando los removemos se queda esa poco atractiva marca de pega en un lugar súper visible. ¡Eso no era! Y cuando preguntamos sobre el incidente, no es tan complicado como averiguar el pillo en el juego "Clue", a pesar de que el "yo no fui" retumba hasta en la China. ¡No te preocupes! Este truquito sencillo resolverá el problema.

Ingredientes:
ℚ Vinagre blanco o alcohol
ℚ Algodón

Procedimiento:
1. Empapa el algodón con el vinagre blanco o alcohol.
2. Frota la pegatina o el área con el vinagre blanco o el alcohol.
3. Repite el proceso hasta que la pega haya desaparecido completamente.

Ñapita: Este truquito es excelente también para remover el marbete del auto de los MaPás.

Para sacar manchas de tierra y grama de la ropa

Cuando los Peques se divierten jugando en el parque o practican algún deporte como el fútbol, el soccer o la pelota, es muy probable que se manchen la ropa con grama o con tierra. ¡Qué pesadilla! O por lo menos, eso piensan muchos MaPás. ¿Cómo eliminar estas tediosas manchas? Antes de echarlas a lavar, utiliza este truquito y verás que su ropa quedará sin rastro de las manchas más temibles. Así que en sus marcas, listos y ¡¡¡¡¡fueeeera la mancha!!!!

Ingredientes:
ℂ Alcohol

Utensilios:
ℂ Algodón

Procedimiento:
1. Moja el algodón en el alcohol.
2. Frota el área de la mancha con el algodón mojado.
3. Lava la pieza de ropa en agua caliente.

Para eliminar el amarillo de la ropa blanca

El lavado continuo de la ropa por lo general la desmejora, especialmente la blanca, que poco a poco comienza a tomar un tono amarillento que se intensifica después de cada lavada. ¡Y qué fea se ve! Cuando mi abuelita lavaba la ropa eso nuuuunca ocurría. Ella tenía el secreto mágico para que la ropa blanca quedara tan blanca y resplandeciente como la nieve de "*Winter Wonderland*". Lo más interesante es que no tienes que gastar grandes cantidades de dinero y me atrevo a apostar que posiblemente ya tienes los ingredientes en casa. Trátalo y verás que la gente te parará en la calle a preguntarte qué haces para que tu ropa se mantenga tan blanca.

Ingredientes:

- Una taza de sal
- Una taza de bicarbonato sódico ("baking soda")
- ½ taza de limón recién exprimido

Procedimiento:

1. Lava la ropa con agua caliente, la sal, el bicarbonato sódico y el jugo de limón.
2. Sécala preferiblemente al sol y si no te es posible, en la secadora.

Para remover chicles de la ropa y el cabello

Ingredientes:
- 1-2 cubitos de hielo

Utensilios:
- Una bolsa de plástico sellada

Procedimiento:

Si está pegado en la ropa

1. Coloca la pieza dentro del congelador por una hora, hasta que el chicle adquiera una consistencia sólida como una piedra.
2. Frota el área donde se quedó adherido el chicle con la bolsa de hielo hasta que se endurezca como una piedra.
3. Raspa el chicle con un cuchillo hasta removerlo en su totalidad.

Si está en el cabello

1. Coloca el hielo dentro de la bolsa sellada.
2. Si el chicle está enredado en el cabello, procede a desenredarlo poco a poco y con mucho cuidado hasta removerlo lo más que puedas y así evitas el tener que cortarlo.

En algún momento de nuestra niñez todos tenemos una aventura que contar que involucra un chicle. La mía es que en un "*sleep over*" a alguien se le olvidó botar el chicle antes de acostarse a dormir y al despertarnos en la mañana…¡Sorpresa! Tenía el chicle regado por todo el cabello. Resolver esta situación puede ser un poco retante, pero siempre hay alguna alternativa para tratar de solucionarlo. La primera opción es intentar removerlo con las uñas o los dedos, y si no es posible, pues ni modo, quizá haya que dar un buen tijeretazo que no necesariamente va a lograr un "*look*" a tono con el último grito de la moda. La buena noticia es que el cabello vuelve a crecer y con el pasar del tiempo la aventura del chicle se convertirá en una anécdota como esta que, cuando se convierta en MaPá, contará entre risas a sus hijos.

Cómo sacar "obras de arte" de chocolate de la ropa

Utensilios:
- Una espátula
- Un recipiente lleno de agua fría

Por generaciones el chocolate ha sido uno de los "*treats*" favoritos de los niños. Y digan la verdad, de los MaPás también. Si, porque el cuento de comprar chocolates para los niños para comérselos los grandes es evidente, especialmente cuando hacen una paradita en el puesto de gasolina o en la farmacia... Entonces viene la negociación de "compartir" el chocolate – un cantotote para MaPá y un cantitito para el Peque. Lo irónico es que en cuanto te das la vuelta, el Peque ha creado una gran obra de arte en su ropa. Y entonces viene el ataque de histeria de MaPá. ¡No te preocupes, que hay solución!

Procedimiento:
1. Pon la pieza en la nevera por un rato para endurecer el chocolate.
2. Remueve el chocolate de la pieza con la espátula.
3. Remójala en el recipiente lleno de agua fría por 30 minutos.
4. Luego lava la pieza como de costumbre lo antes posible.

Para eliminar el olor y sabor a comida de las botellas, recipientes y hasta de los platos

Ingredientes:

- Una cucharadita de mostaza
- Agua caliente

Procedimiento:

1. Llena el recipiente, la botella o el plato con agua caliente.
2. Añádele la mostaza y déjalo remojar por lo menos cinco minutos.
3. Lava la pieza como de costumbre.

Qué frustrante es fregar las botellas, los contenedores de alimentos y los platos y que aún se les quede impregnado el olor (y hasta el sabor) de la comida que tenías guardada en ellos. Esta es una de las preguntas que me hacen con bastante frecuencia. ¡Y claro que hay una solución para que le des "*delete*" a ese olor!

Para desinfectar los juguetes

A los bebés les encanta jugar y meterse los juguetes en la boca también. Por eso es importante siempre mantenerlos limpios y desinfectados con productos que no sean tóxicos, ya que pueden atentar contra su salud. Este truquito, sin lugar a dudas, es la solución perfecta, efectiva, rápida y económica para lograrlo.

Ingredientes:
- 2 tazas de vinagre blanco
- 2 tazas de agua

Utensilios:
- Una botella limpia con atomizador
- Un paño o toalla limpia

Procedimiento:
1. En una botella con atomizador mezcla a partes iguales el vinagre blanco con el agua y ciérrala.
2. Agita la solución y rocía el juguete.
3. Frótalo y sécalo con la toalla o paño limpio.
4. Recuerda agitar la botella cada vez que vayas a limpiar un juguete.

Para revivir juguetes en estado de coma debido a rupturas o liqueos de ácido en la cavidad de las baterías

Ingredientes:
- Bicarbonato sódico ("baking soda")
- Agua

Utensilios:
- Un paño o toalla suave

Ahora bien, si el problema es que uno de los pequeños espirales de metal dentro de la cavidad de las baterías se rompió, solo tienes que colocar una bolita de papel de aluminio en su lugar para que la electricidad pueda fluir.

Procedimiento:
1. Remueve las baterías del juguete.
2. Mezcla el bicarbonato sódico con el agua hasta obtener una consistencia similar a la de la pasta dental.
3. Cubre la cavidad donde van colocadas las baterías con esta mezcla por 15 minutos y luego remuévela con un pañito o toalla suave.
4. Inserta las baterías según las indicaciones del juguete y enciéndelo.

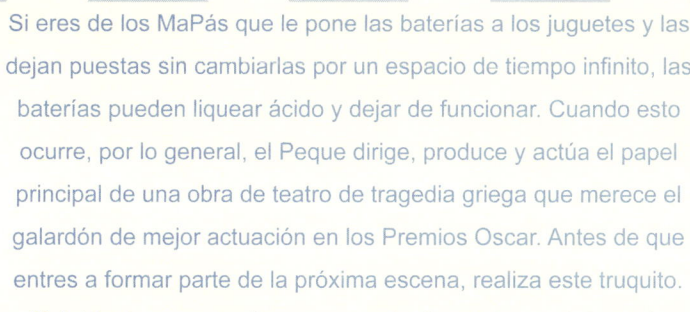

Si eres de los MaPás que le pone las baterías a los juguetes y las dejan puestas sin cambiarlas por un espacio de tiempo infinito, las baterías pueden liquear ácido y dejar de funcionar. Cuando esto ocurre, por lo general, el Peque dirige, produce y actúa el papel principal de una obra de teatro de tragedia griega que merece el galardón de mejor actuación en los Premios Oscar. Antes de que entres a formar parte de la próxima escena, realiza este truquito. El ácido desaparecerá como por arte de magia y quizá pueda devolverle la vida al juguete que se encuentra en estado de coma.

Para limpiar los vómitos de la ropa

Ingredientes:
⒜ Bicarbonato sódico ("baking soda")

Utensilios:
⒜ Papel toalla o un paño

Procedimiento:
1. Espolvorea el bicarbonato sódico sobre el vómito y déjalo reposar unos minutos para que lo absorba.
2. Remuévelo con un papel toalla o paño.
3. Lava la pieza como de costumbre.

Definitivamente que los vómitos son inevitables cuando hay Peques. Sin lugar a dudas esta es una de las odiseas más comunes y desagradables para los MaPás. ¡Y ni hablar de su olor! Pero hay que limpiarlos, no hay otra salida, a menos que tires la pieza a la basura, pero con este truquito eso no será necesario. Este truquito que aprendí de mi abuela y mi mamá ayudará a eliminar las manchas causadas por los vómitos y hará que el trabajo de limpieza sea más fácil, ya que disminuirá el fuerte y peculiar "aroma" que desprende. ¡Este es uno de los truquitos favoritos de los MaPás!

Para eliminar olores y manchas del horno de microondas

Ingredientes:
ⓠ Agua de la pluma o grifo
ⓠ Un limón cortado en pedazos

Utensilios:
ⓠ Un recipiente a prueba de microondas
ⓠ Un paño o toalla de limpiar

Procedimiento:
1. Llena de agua un recipiente a prueba de microondas y añádele los pedazos del limón.
2. Coloca el recipiente dentro del microondas y cierra la puerta.
3. Caliéntalo en temperatura alta por cinco minutos.
4. Cuando haya terminado, déjalo reposar dentro del microondas y luego retíralo.
5. Limpia el interior del microondas con un paño o toalla, ¡y listo!

Si eres de los MaPás que utilizan el horno de microondas a menudo, pero olvida limpiarlo, este puede llegar a convertirse en uno de esos "lugares de terror" que no quieres abrir para que no salga a comerte "El Cuco" (como le llamábamos a los monstruos de la oscuridad cuando yo era niña). Sin embargo, el microondas se utiliza para calentar o cocinar los alimentos que comes. Por eso es importante mantenerlo limpio y además evitar que tus alimentos absorban los olores fuertes que este popular electrodoméstico pueda estar guardando en su interior, lo cual además es antihigiénico.

La realidad es que limpiar el microondas es súper sencillo. No tienes que pasar horas restregando mientras te tapas la nariz para limpiarlo. Aquí te obsequio el truquito casero fácil y sencillo para que lo dejes limpio y oloroso.
¡Ahora sí que no tienes excusa para mantener tu microondas limpio siempre!

Para cuando se desborda líquido hirviendo en la estufa

Ingredientes:
- Sal
- Vinagre blanco

Utensilios:
- Un paño o esponja de limpiar

A todos nos ha ocurrido alguna vez. Estás cocinando tu guiso o sopa favorita y cuando comienza a hervir, se desborda. ¡¡¡Qué reguero!!! ¿Qué vas a hacer ahora? Relajarte, porque este truquito casero es la solución para limpiarlo facilito y rápido.

Procedimiento:
1. Espolvorea sal sobre el líquido que se haya derramado en la estufa.
2. Espera a que el calor de la estufa lo convierta en cenizas (o sea que puedes esperar a que termines de cocinar).
3. Límpialo con un paño o esponja de limpiar y un poco de vinagre blanco.

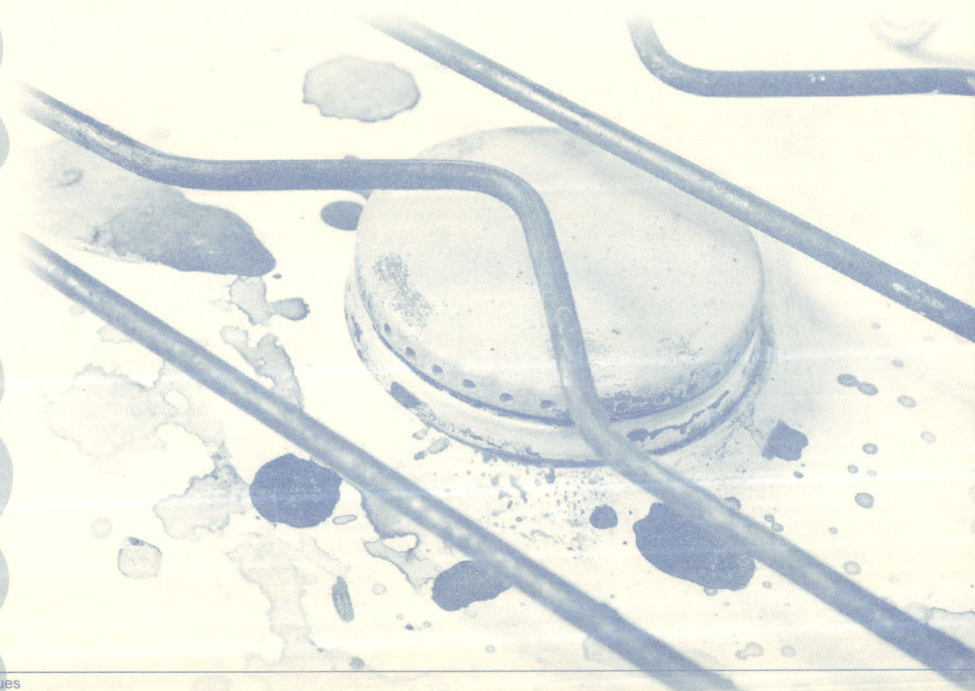

Para abrir un "*zipper*" (cremallera) que se queda pillado

Truquito:

Cuando hagas este truquito, ten cuidado de no manchar la ropa con el aceite mientras lo aplicas.

Ingredientes:
Ɑ Aceite de oliva o aceite vegetal

Utensilios:
Ɑ Un palito de algodón

Procedimiento:
1. Moja el palito de algodón en un poquito de aceite.
2. Pásalo por el área donde el zipper está estancado.

Este truquito es un clásico. Estás vistiendo al Peque con el pantalón que le compraste (o te compraste) para esa actividad especial y ¡noooooo suuuuuube! Se quedó estancado. ¡Ay, este *zipper*! Y ahora, ¿qué vas a hacer? Tú que ya andas súper retrasada y todavía tienes que terminar de preparar las cosas para poder salir. Antes de suspirar, entrar en una crisis y preguntarle a los vientos: ¡¿Porqué me pasan estas cosas a mi?! Trata este truquito y verás...

El humidificador bien-oliente (y antidepresivo)

Ingredientes:
- 2 cucharadas de jugo de limón recién exprimido

Procedimiento:
1. Añade dos cucharadas de jugo de limón recién exprimido al humificador.
2. Repite el proceso cada vez que cambies el agua del humidificador.

Los niños aprenden lo que viven

Por: Dorothy Law Nolte

Cuando mami me llevaba al consultorio de mi pediatra, me llamaba muchísimo la atención un cartelón que colgaba de una pared en el área de la recepción. Su mensaje sencillo y lleno de veracidad me impactó profundamente y lo grabé en mi corazón para siempre. A través de los años he continuado encontrándome el poema en oficinas de pediatras, ginecólogos, profesionales de la salud, centros de cuido de niños y en escuelas. Curiosa al fin, me puse a "gugulear" sobre su origen. Quedé maravillada con la autora, una reconocida terapeuta familiar americana quien además de este significativo poema, coescribió dos libros bajo el título "Los niños aprenden lo que viven", que todos los MaPás deben leer: "Cómo inculcar valores a sus hijos" y "Cómo vivir con hijos adolescentes". (Además de leer "El Principito", claro está.)

El tren se va...

¿Compraste tu boleto?

Si los niños viven con crítica,
aprenden a condenar.
Si los niños viven con hostilidad,
aprenden a pelear.
Si los niños viven con miedo,
aprenden a ser aprensivos.
Si los niños viven con lástima,
aprenden a sentir pena por ellos mismos.
Si los niños viven con ridículo,
aprenden a sentir timidez.
Si los niños viven con celos,
aprenden a sentir envidia.
Si los niños viven avergonzados,
aprenden a sentir culpa.
Si los niños viven con estímulo,
aprenden a tener confianza.
Si los niños viven con tolerancia,
aprenden a ser pacientes.
Si los niños viven con elogios,
aprenden a valorar las cosas.
Si los niños viven con aceptación,
aprenden a amar.
Si los niños viven con aprobación,
aprenden a quererse.
Si los niños viven con reconocimiento,
aprenden que es bueno tener una meta.
Si los niños viven compartiendo,
aprenden a ser generosos.
Si los niños viven con honestidad,
aprenden la sinceridad.
Si los niños viven con imparcialidad,
aprenden la justicia.
Si los niños viven con amabilidad y
consideración,
aprenden el respeto.
Si los niños viven con seguridad,
aprenden a tener confianza en sí mismos
y en los de su alrededor.
Si los niños viven con amistad,
aprenden que el mundo es un lugar
agradable donde vivir.

Palabras Finales

Mi intención a través de Truquitos Caseros es compartir contigo la sabiduría ancestral de las abuelas, de los remedios caseros y de diferentes culturas alrededor del mundo con el objetivo de aportar mi granito de arena para que disfrutes de una mejor calidad de vida junto a tu familia. Truquitos Caseros se trata de aprender a disfrutar de las cosas sencillas de la vida y de los regalos que nos obsequia la Madre Tierra.

El otro regalo más preciado no está enterrado en la Isla del Tesoro. Lo escondiste en lo más profundo de tu corazón cuando dejaste la niñez. ¿Cuándo fue la última vez que saliste a jugar, a divertirte de verdad? ¿A colocarte un sombrero de rey o de princesa y salir a la calle como hacen los niños a diario? ¿Cuándo fue la última vez que te atreviste a soñar en grande y sin prestar atención al comité de autosaboteadores que vive en tu mente? ¿Y cuándo te diste un buen abrazo de oso para reconocer la persona maravillosa que eres? Cuando nos convertimos en adultos es común que nos enfoquemos en las responsabilidades y se nos olvida que lo más importante es conectarnos con nuestro niño en el corazón. Como dice mi querido Jaime "Papá Jaime" Jaramillo, "sácale alas a tu imaginación y vuela tan alto como puedas llegar". ¡Permítete sacar a jugar al niñ@ dentro de ti! Atrévete y verás que, como para los Peques, todos los sueños son posibles… solo tienes que creer en ti. ¡Nos vemos en la Isla de Nunca Jamás, Peter Pan!… Oye, ¡Campanita, espéranos, que por ahí vamos!

Josette y sus

TRUQUITOS
CASEROS

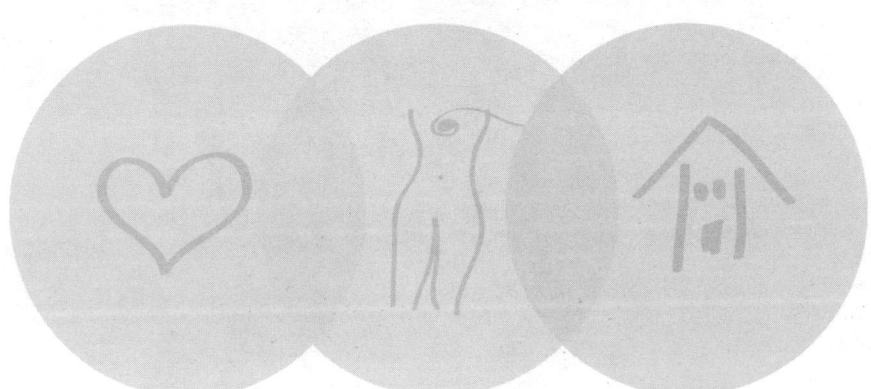

Salud   Belleza   Hogar